바람의
아르테미시아

담쟁이 문고

바람의 아르테미시아

팜 무뇨스 라이언 지음
구광렬 옮김

실천문학사

PAINT THE WIND by Pam Muñoz Ryan

Copyright ⓒ 2008 by Pam Muñoz Ryan
All rights reserved.
This Korean edition was published
by SILCHEONMUNHAK in 2012 by arrangement with Scholastic Inc.,
557 Broadway, New York, NY 10012, USA
through KCC(Korea Copyright Center Inc.), Seoul.

이 책은 (주)한국저작권센터(KCC)를 통한 저작권자와의 독점계약으로
(주)실천문학에서 출간되었습니다.
저작권법에 의해 한국 내에서 보호를 받는 저작물이므로
무단전재와 복제를 금합니다.

내 여동생, 샐리 곤잘레스의
평보, 속보, 구보, 전력 질주…….
동시에 한 걸음을 향한 결정과 용기를 위해.

—팜 무뇨스 라이언

걷기

출산 • 11
엄마의 말 • 14
망아지, 클리 • 24
해도 너무한 할머니 • 26
새 식구 • 35
앰뷸런스 • 39
장난꾸러기 망아지 • 52
또 다른 가족 • 55

빨리 걷기

무스 할아버지 • 63
와이오밍의 아침 • 69
바이 할머니의 리뮤다 • 85
마야의 새 친구 • 96
승마 수업 • 110

달리기

구보를 해내라! • 123
솔직한 자백 • 138
와이어스의 독립 • 150
말몰이 • 153
퓨마의 습격 • 168
사라진 아르테미시아 • 171

전력 질주

이리 와, 아르테미시아! • 183
지진 • 194
조난 • 201
특별한 저녁 식사 • 208
아르테미시아의 등에 오르다 • 213
강을 건너 가족에게로 • 220
재회 • 233
아르테미시아의 사랑 • 239
자유 속으로 • 242

옮긴이의 말 • 252

출산

아르테미시아는 새끼를 낳을 때가 됐음을 알았다.

오후 내내 야생말 무리 주위를 초조하게 오갔다. 잠시 멈춰 서서 풀을 뜯긴 했지만 평소와는 달리 내키지가 않았다. 마치 자신이 뭔가를 먹고 있다는 사실을 망각한 듯 그냥 풀을 입에 물고만 있었다. 최근 몇 주 동안 젖이 퉁퉁 부어올라 아팠지만 통증에 차츰 익숙해져갔다. 초유 방울이 이슬처럼 맺히기 시작한 젖꼭지도 충분히 커져 있었다.

사위가 어둑해지기 시작하자 아르테미시아는 무리로부터 벗어났다. 배 속의 새끼가 꿈틀대는지, 갈색과 흰색의 얼룩무늬가 흔들렸다. 같은 무리의 말들의 히잉거리는 울음소리가 들려왔다. 새끼 말 메리와 조지아, 조지아의 두 살 된 새끼인 와이어스 그리고 듬직한 종마 '팔로미노'*종의 사전트였다.

샐비어** 언덕 너머로 넘어가기 전, 아르테미시아는 고개를 돌려 힐끗 쳐다봤다. 사전트의 자상한 눈빛과 믿음직한 자세가 눈망울에 들어왔다. 머리를 곧추세워 아르테미시아를 향해 귀를 쫑긋거리며 앞다리로 견고히 버티고 서 있는 사전트는 아르테미시아가 언덕 너머로 가는 이유를 모르겠다는 듯, 나지막이 울었다. 아르테미시아는 낮은 목소리로 답했다.

'사전트, 당신은 날 도와줄 수 없어. 새끼를 낳는 일은 혼자서 해야 해. 오로지 조상에게 물려받은 본능만으로……'

첫 출산은 성공적이었다. 메리는 강하고 건강했으며 이제 두 살이 되었다. 하지만 바로 1년 전 새끼에 대한 기억은 여전히 아르테미시아를 괴롭혔다. 새끼는 일어서질 못했고 무기력하게 누워만 있었다. 아르테미시아는 기적이 일어나길 바랐다. 갓 태어난 새끼를 핥으며 며칠 동안 잠도 자지 않고 곁을 지켰다. 하지만 결국 머리를 떨어뜨린 채 무리로 돌아와야만 했다. 오늘 밤에 태어날 새끼도 같은 운명을 맞이하게 될까? 수심에 찬 아르테미시아의 발걸음은 무거웠다. 아르테미시아는 큰 키의 샐비어와 래빗브러쉬*** 덤불 속에 앉았다. 하지만 자리가 마음에 들지 않는지, 이내 박차고 일어나 빙빙 돌았다. 옆구리에서 땀방울이 솟아났다. 엎드렸다. 진통으로 머리가 활 모양으로 휘어지고 긴 다리들은 뻣뻣해지기 시작했다. 새끼의 탄생이 임박했는지 숨결은 깊고도 무거워져갔다. 마침내 양수가 터지고 터진 진줏빛 양수막 사이로 귀여운 발굽이 보이고, 주둥이가 보이기 시작했다. 새끼는 다이빙 자세를 취하듯 웅크리고 있었다. 아르테미시아는 이제 맹수처럼 포효했다. 망아지의 머리와 어깨가 보이고 몸통의 윗부분까지 보이자, 얇은 막은 분리되었다. 아르테미시아는 머리를 돌려 막 태어난 새끼를 보려고 애썼다. 새끼는 흐느적거리며 누워 있었다. 세상에 나오긴 했지만 아직은 장담하기 일렀다.

---

* 갈기와 꼬리가 희고 몸통이 담황색인 미국 남서부의 말.
** 꿀풀과 식물.
*** 사막의 국화과 식물.

엄마의 말

마야는 보라색 눈을 크게 뜨며 말했다.

"바람의 꼬리에 색을 칠하면 유령을 잡을 수 있지."

마야는 한 손으로 작은 말을 집어 들었다. 백갈색의 장난감 말이었다. 그러고선 장난감 말을 셔닐사 침대보 위로 원을 그리며 깡충깡충 뛰게 했다. 고도를 낮춘 캘리포니아 남쪽 하늘의 태양은 마침내 그녀와 그녀의 할머니가 사는 이층집 창문으로 쏟아져 들어왔으며, 마야는 햇빛이 어른거리는 허공에 장난감 말을 달리게 했다.

"난 신비로운 '유령 말'이야, 내 주인은 별들이지. 아무도 날 찾지 못할 거야."

또 다른 손에 있는 검은색 수말이 유령 말을 쫓아 위로 솟

앉다. 검은 말로 유령 말을 앞지르며 말했다.

"난 바람을 타고 다니지. 그 어떤 것보다도 빨라. 널 잡을 거야, 넌 내 거야."

검은 말이 유령 말을 따라잡았다. 마야는 이제 한 손으로 두 마리 장난감 말을 나란히 머리 위로 날렸다. 신발 상자에 보관해두는 말들, '아라비안', '페인트 호스', '애팔루사' 종 등은 모두 엄마의 것들이었다. 그때는 모두 각각의 색이 뚜렷이 빛났을 것이다. 갈색, 사슴 가죽색, 재색, 회갈색, 팔로미노의 색. 몇 년을 만지며 놀다 보니 선명했던 색들이 지워져, 색의 자취만 남아 있었다.

마야가 다섯 살 무렵 부모님은 사고로 돌아가셨다. 6년 전 일이며, 이후 마야는 친할머니와 함께 살고 있다. 마야는 엄마에 대해 아는 게 많지 않다. 할머니로부터 들은 게 전부나 마찬가지다. 할머니의 말이 사실이라면 엄마는 자기 방식대로 사는 사람이었으며, 조심성 없이 말하는 사람이었다. 품위 있는 패서디나 지역 사람들과는 어울리지 않았으며, 말을 타고 정처 없이 떠돌아다녔다. 거기엔 어떤 중요한 사연들이 숨어 있을 것이라고 마야는 생각했다. 불현듯 떠오르는 아름다운 자투리 기억들, 잠들기 전 불러주던 자장가, 그녀의 볼을 간질이던 긴 머리카락, 그 외에도 생생한 것들이 있었다. 마야는 엄마와 함께 기울어진 천장과 창문이 달린 작은 골방에 앉아, 이 장난감 말들을 가지고 놀았다. 엄마는 주인 없는 유령 말들이 얼마나 자유롭게 뛰어다니는지 이야기해주었다.

마야는 신발 상자 바닥에서 사진 한 장을 꺼내 뚫어져라 들여다봤다. 백갈색 말을 타고 있는 빛나는 엄마의 모습이었다. 고삐를 잡고 손을 흔들며 함박웃음을 짓고 있는 엄마. 물론 사진 속의 어린 여자아이는 몇 살 안 된 마야였다. 둘 다 여리고 고운 몸매에 적갈색 머리카락과 보라색 눈을 지녔다. 다른 점이 있다면 여자아이의 피부가 좀 더 짙다는 것인데, 유럽 남부 출신인 그녀의 아버지와 할머니의 영향 때문이었다.

마야는 사진을 뒤집었다. 거기엔 이름 뜻풀이 책에서 잘라낸 조그마한 종잇조각이 붙어 있었다. 그녀는 '메이'와 '메이플' 사이에 있는 이름, '마야'를 되뇌었다.

마야: 막 시작된 여행.

마야는 엄마 사진과 백갈색 장난감 말을 들고선 창가로 갔다. 늘 하듯, 장난감 말과 사진을 바깥을 향하도록 창턱에 가지런히 두었다. 마치 멋진 퍼레이드를 지켜보는 군중 속 구경꾼처럼, 뒷짐을 진 채 바깥을 내다보았다. 긴 인도와 거대한 떡갈나무가 줄지어 선 알타데나 거리가 잘 보였다. 넓은 진입로 사이에는 잘 손질된 정원들이 쭉 뻗어 있었다. 자홍색 부겐빌레아*가 울타리에 무겁게 드리워져 있었으며, 라벤더와 수국이 접시 크기로 피어 있었다. 하지만 마야는 그 너머를 주시했다. 그녀가 알지 못하는, 하지만 이 조그만 장난감 말은 알고 있는⋯⋯ 엄마에 대한 모든 걸 상상하려고 애를 썼다. 수말과 암말들, 가죽으로 만든 고삐, 부츠, 안장 그리고 즐거움이 있는 저 멀리 패서디나 밖의 삶에 관하여. 무엇이 엄마를 그토록 행복하게 만들었을까? 마야는 자신의 웃음소리가 엄마의 것을 닮지 않았을까, 궁금했다. 오랫동안 엄마의 웃음소리를 잊고 있었다. 아니, 자신의 웃음소리마저 기억이 나질 않았다. 언제였나, 마지막으로 웃은 게⋯⋯. 갑자기 그녀의 표정이 어두워졌다.

딸그락 소리가 들리더니 방문이 열렸다. 새로 온 가정부, 모르가나였다. 그녀는 적어도 지금까지는 할머니와 열렬한 동맹이다. 채용된 지 일주일밖에 되지 않았는데 얼마나 열심히 일을 하는지 별나고도 별난 할머니의 기분을 죄다 맞출 정도였다. 하지만 얼마 가지 않아 다른 가정부들처럼 성을 발끈 내곤

---

* 분꽃과의 열대 관목.

체념의 눈물을 흘리며 그만둘 게 뻔했다. 한번은 지금까지 들어온 가정부를 모두 떠올려보려 했으나, 열여덟까지 세고는 포기해야만 했다.

"숙제를 잘하고 있는지 그냥 확인하려고……."

모르가나는 다른 가정부들보다 마른 데다가, 나이도 많았으며, 한층 시끄러웠다. 가정부용 검은 드레스와 하얀 앞치마를 걸친, 목덜미에 짙은 색 머리카락을 그물망에 밀어 넣은 모습이 꼭 영양실조 걸린 주름진 펭귄을 연상시켰다.

모르가나가 침대 위의 장난감 말들을 보며 말했다.

"마야, 할머니께선 참으로 세밀하신 분이지. 그래서 그런지 네 하루 일과표가 아주 계획성 있게 잘 짜여 있더구나. 내가 널 학교에 데려다주고, 데려 올 거야. 넌 늦어도 여섯시까지는 숙제를 마쳐야 해. 그리고 쉬는 시간은 없어."

모르가나는 말끝에 눈썹을 치켜 올렸다. 마야는 상냥하게 미소를 지으며 말했다.

"난 이미 숙제를 다 한걸요. 그리고 전부 'A'예요. 그러니깐, 아줌마는 숙제를 확인하는 일 따윈 안 하셔도 돼요. 다른 아줌마들도 하지 않았으니까요."

마야와 모르가나는 합의를 했다. 저녁식사에 맞춰 식탁 앞에 앉는 대신 그녀를 혼자 방 안에 내버려두는 걸로.

"성적이 완벽하다면, 할머니는 신경을 쓰지 않으세요."

"내가 다른 가정부들과 다르다는 걸 알게 될 거야. 난 일을 철저하게 할 거니깐. 네 할머니는 보통 내가 받는 월급의 3배를 주시지. 그러니까 난 네 뜻이 아니라 할머니의 뜻을 따를 수밖에 없어. 솔직히 말해서 난, 같은 생각을 하는 고용주를 만나게 되어서 아주 기분이 좋아. 애들은 끊임없이 감시받아야 한다는 생각 말이야."

모르가나는 굳은 표정으로 말을 이어나갔다. 마야는 신음소리를 냈다. 하지만 마야는 모르가나 같은 타입의 여자를 잘 알고 있었다. 모르가나는 다른 가정부들보다 좀 더 이곳에 머물 것이다. 하지만 오래는 못 갈 것이다. 모르가나는 장난감 말들을 보고 혀를 쯧쯧 차며 말했다.

"할머니는 결코 저런 것들과 노닥거리는 걸 용납하지 않으실 텐데……."

마야는 커다란 눈망울로 모르가나를 올려다보며 답했다.

"죄송해요. 엄마가 생각날 때면 가끔씩 이 말들과 놀아요. 그 옛날에 엄마께서 이것들을 주셨어요……."

순간 모르가나의 표정이 부드러워졌다.

"아, 그래, 네 할머니가 말씀해주셨어. 어쩌다가 부모님이 그렇게……."

마야의 눈이 커졌다.

"6년 전이었어요. 끔찍한 비극이었지요. 부모님은 매년 이국적인 곳으로 저를 데리고 가셨어요. 파리, 하와이, 그런 곳으로요. 그해엔 코스타리카에 있는 멋진 리조트로 휴가를 갔어요. 수정같이 맑고 얕은 바다에서 스노클링을 하는 중이었어요. 우린 서로 손을 잡고 즐거운 마음으로 수영을 했지요. 멋진 열대어와 산호초를 봤어요. 그러다가 우린, 커다란 바다거북의 뒤를 쫓기로 했어요. 엄마는 늘 바다거북과 헤엄치기를 원했거든요. 하지만 너무 멀리 가버린 거예요. 결국 모터보트가 물속의 우리를 보지 못했어요……."

마야는 손으로 허공을 휘저으며 말을 이어나갔다.

"그리고 우리가 있던 바다 위를 가로질러 갔어요. ……휘~익."

모르가나는 가슴에다 손을 얹었다.

"무서웠어요. 마지막 순간, 아빠는 어린 나를 잡아 올려 모터보트가 지나가는 물길 밖으로 던졌지요. 덕분에 난 별로 상처를 입지 않았지만 상상조차 하기 힘든 일이 벌어졌지요."

모르가나는 손으로 얼굴로 가렸다. 마야는 창턱에서 장난감 말들을 집어 올렸다. 눈에서는 눈물방울이 글썽거렸다.

"이 장난감 말들은 엄마의 유일한 유품들이에요. 할머니 모르게 숨겨뒀지요. 할머니는 말에 대해서 감당 못 할 공포를 지니고 있어요. 말 이야기만 꺼내면 그 옛날의 끔찍한 기억들을 떠올리세요. 거친 종마에서 떨어지셨던 경험. 누구든 말 이야기를 꺼내면 심하게 화를 내요. 그러니…… 이 장난감 말들에 관해 할머니께 말씀 안 하실 거죠?"

모르가나는 입을 다문 채 마야를 뚫어지게 쳐다봤다. 그리고는 얇은 입술을 달싹거렸다.

"치워야겠다, 마야. 저녁식사에 늦으면 안 돼……."

모르가나가 나간 뒤 마야는 얼굴을 찌푸리며 문을 쾅, 닫았다. 장난감 말들과 사진이 엄마의 유일한 유품이란 건 사실이었다. 하지만 나머지 말들은 거짓이었다. 모르가나가 눈치챘을까? 그녀는 마야를 배신할까? 마야는 터무니없는 거짓말을 한 자신이 미웠다. 추후엔 절대 검증되지 않은 새 가정부 앞에서 장난감 말들을 꺼내지 않으리라. 마야는 말들과 사진을 상자에다 집어넣곤 옷장을 열었다. 지퍼를 끝까지 올린 재킷 안에 그것들을 쑤셔 넣은 뒤, 옷의 허리 부분을 끈으로 졸라맸다. 흐트러진 곳이 있는지 옷장 안을 확인했다. 모든 것이 할머니의 직성이 풀리도록 정리된 것 같았다. 면 스커트, 요조숙녀 원피스, 체크무늬 교복 등, 모두 일정한 간격으로 걸려 있었다. 옷걸이와 옷깃 또한 모두 같은 방향으로 줄지어져 있었으며, 신발들도 앞부분이 가지런히 정렬되어 있었다. 모르가나가 세탁해서 다림질을 해놓은 내일을 위한 흰색 블라우스도 문 뒤에 얌전히 걸려 있었다.

마야는 침대 맞은편 거울을 힐끔, 보았다. 머리카락을 쓰다듬고 매만져서 포니테일로 묶었다. 주름 스커트와 뽀송뽀송한 블라우스에 보풀이라도 있는지, 얇고 하얀 양말이 정확하게 2인치 접혀 있는지 확인을 했다. 할머니는 얼룩을 끔찍하게 싫어하셨다. 마야는 왼쪽 에나멜 신발 위의 얼룩을 손가락이 얼얼할 때까지 문질렀다. 모든 게 우스꽝스럽고 촌스럽게 여겨졌다. 모두 무슨 상관이겠는가. 마야를 보는 이는 거의 없다.

여섯시가 됐다. 마야는 아래층으로 내려갔다. 계단 난간 반대쪽 벽에는 열댓 장의 아빠 사진들을 담고 있는 똑같은 크기의 나무 액자들이 일정한 간격을 두고 차례로 걸려 있었다. 갓 태어났을 무렵의 사진, 초등학교, 고등학교와 대학교 졸업식 사진, 정장과 턱시도를 입은 사진, 하지만 모든 사진에는 할머니가 있었다. 스튜디오에서 찍은 아빠, 할머니, 아장아장 걷는 마야 사진이 맨 끝에 걸려 있었다. 아빠는 무릎 위에 마야를 안고, 통통한 마야의 손은 위로 뻗어 아빠의 얼굴을 만지고 있었다. 그 사진에도 할머니는 아빠의 어깨에 양손을 올려놓은 채 뒤편에 서 있었다. 마야는 오래전에 엄마아빠의 결혼사진과 엄마의 사진에 관해 묻는 걸 그만뒀다. 엄마가 이 세상에 존재했

음을 말해주는 유일한 증거는 신발 상자 안에 든 스냅 사진 한 장이 전부였다. 그것도 할머니가 엄마 모습을 잘라내버린……. 사진 속의 빈자리는 마치 유령이 자리한 것처럼 보였다.

마야는 젖빛유리 꽃병이 진열된 마호가니* 찬장을 지나, 발뒤꿈치를 들고 조심조심 식탁 의자 쪽으로 향했다. 흰 의자는 다마스크 원단으로 되어 있었으며, 집 안의 다른 가구들처럼 얇은 비닐로 덮혀 있었다. 마야는 살며시 의자에 앉았다. 다리 뒤편에 말린 스커트를 당겨, 주름을 폈다. 피부에 닿는 비닐의 끈적거림이 싫어 몸을 곧추세웠다.

모르가나가 들어와서 부엌 문 앞에 자리를 잡고는 식탁을 살폈다. 마야의 눈은 모르가나의 눈을 쫓았다. 모든 것이 질서정연해 보였다. 가장자리에서 1인치 떨어진 곳에 하얀 냅킨이 놓여 있었으며, 주름은 왼쪽으로 잡혀 있었다. 삼각형으로 접힌 차수건 위에 놓인 물 주전자 손잡이는 오른쪽으로 향해 있었으며, 식탁보에도 주름 하나 없었다. 모르가나는 훌륭했다. 마침내 마야는 실망의 한숨을 내쉬었다. 홀의 시계가 여섯시를 알리자, 마야는 얌전히 무릎 위에 손을 올려놓았다.

---

* 붉은 갈색을 띤 아메리카산 상록수.

망아지, 클리

 아르테미시아는 새끼를 낳는 동안, 숨을 고르며 휴식을 취했다.
 진통이 더 올 거란 걸 알고 있었다. 마침내 또 한 번의 격심한 경련이 찾아오고 새끼가 완전히 세상 밖으로 미끄러져 나올 때까지 온 힘을 아랫배에 주었다.
 아르테미시아가 자리에서 일어서자 탯줄이 끊어졌다. 아르테미시아는 머리를 떨어뜨려 축축하게 엉킨 새끼의 털을 핥아 주었다. 어미는 혓바닥으로 새끼의 호흡을 도왔다. 클리라고 불리게 될 망아지가 드디어 꿈틀거렸다. 클리는 몸을 굴리다가 머리를 힘겹게 들어 올리곤 귀를 쫑긋 세웠다.
 몇 분이 지났을까? 클리는 일어섰다. 하지만 앞다리를 너무 멀리 짚어, 중심을 잃고 휘청거렸다. 네 다리가 새의 날개처럼 벌어졌다. 아르테미시아는 클리가 일어날 때까지 기다렸다. 그리고는 가까이 다가가, 뒷다리를 뻗고선 클리가 젖을 빨 수 있도록 자세를 낮춰주었다. 클리가 무릎 뒤를 빨려고 하자, 젖꼭지를 찾을 때까지 몸을 이리저리 틀어주었다.

 아르테미시아는 클리를 품었다. 행복했다. 모처럼 사전트의 끊임없는 감시와 무리를 이끌어야 하는 '선두마'로서의 부담감에서 자유를 느꼈다. 천천히 무리로 돌아갈 생각이었다. 일전에도 무리로부터 떨어져 메리와 함께 고독을 즐기며 일주일을 보낸 적이 있었다. 사전트에게 발견되어 그의 영역으로 돌아갈 때까지…….

 클리는 아르테미시아의 목에 머리를 기댔다. 클리의 털 무늬는 '골든 팔로미노'인 사전트의 것과는 달랐다. 털이 말라 보송해지자, 클리는 마치 거울에 비친 아르테미시아의 모습을 하고 있었다. 갈기와 꼬리가 구름처럼 희고 백갈색 퍼즐무늬를 가진 '토비아노 페인트 호스' 종이었다. 어둑한 새벽을 배경으로 밝은색 털 부분은 유백색으로 빛났지만, 짙은 색 부분은 어둠 속에 사라져버렸다. 멀리서 보면 어미와 새끼는 마치 땅 위에 둥둥 떠다니는 두 개의 유령처럼 보였다.

해도 너무한 할머니

창백하지만 꼿꼿한 모습의 아그네스 메네티는 지팡이를 두드려 자신이 왔음을 알렸다.

88세의 나이에 찾아볼 수 없는 자세와 장대한 가슴의 소유자인 아그네스. 특히 그녀의 매끄러운 투구 모양의 흰 머리는 거대 비둘기를 연상시켰다. 코 주변에 제법 보송하니 수염처럼 보이는 털까지 지닌 그녀는 길게 늘어진 좁은 스커트, 교정용 신발, 특대의 흰색 실크 블라우스, 그리고 흰색 진주알들이 매달린 안경을 걸치고 있었다.

마야는 아빠가 죽기 전 할머니의 인생이 어떠했을까, 상상해보곤 했다. 한 가정부의 말이 옳다면, 할머니는 필시 여행을 좋아했다. 점심만은 외식하기를 고집했으며, 가끔은 수족이

불편한 장애인들을 위해 자원봉사도 했다. 하지만 마야는 할머니가 알타데나 거리를 떠나서 지내는 걸 결코 본 적이 없다.

"다녀오셨어요, 할머니?"

마야는 공손히 인사를 올렸다.

"그래, 아가."

할머니는 식탁을 살피곤 만족스러운 듯 고개를 끄덕이며 자리에 앉았다.

"모르가나, 목련 잎이 떨어져 있더군. 정원사가 3일 동안 오지 않으니, 식사가 끝나면 치우도록 해. 바닥에 나뭇잎들이 떨어져 있다니! 보기도 흉하지만 박테리아나 곰팡이가 생기기 십상이야. 그리고 정원의자 하나에 흠집이 있는 걸 봤어……."

마야는 주변을 살폈다. 잔디 위 가구들, 정원의 도자기들, 통로, 조각상 등. 옆 뜰과 뒤뜰을 둘러싸고 있는 두툼한 벽은 흰색이었으며, 달걀껍질 색처럼 바래지면 다시 덧칠을 했다. 페인트 가게의 트럭이 원형 진입로에 거의 진을 치고 있다시피 했다. 할머니의 변덕으로 인해, 일꾼들이 마구 들이닥쳐 마야의 짧은 추억의 흔적을 죄다 지워버렸다. 그렇게 마야의 유년기는 표백되어갔다.

"블랑샤르 페인트를 불러. 그 사람들은 나를 잘 아니까 신속하게 처리할 거야. 내일 당장 와서 견적을 뽑으라고 해."

할머니는 냅킨을 집어 들어 무릎 위에 깔곤 몸을 돌려 마야를 보며 말했다.

"학교는?"

마야는 아주 유쾌한 사건을 떠올렸다.

"오늘 웹스터 선생님이 교실의 불을 끄시곤 다들 책상 위에 머리를 올리라고 하셨어요."

별안간 할머니의 눈썹이 위로 치켜졌다.

"쓸데없는 짓이야. 마야, 이 학교도 다른 학교처럼 그럴 것 같구나."

마야는 6년 동안 여덟 번이나 전학을 했다. 그러는 동안 친구들 이야기나 현장 학습, 모임 등, 수업이나 숙제와 관련 없는 것들은 입 다물고 있는 게 상책임을 터득하게 되었다. 그렇지 않으면 그다음 날 당장 새로운 학교로 전학 갈 게 뻔했다.

몇 주 뒤면 여름 방학이다. 마야는 웹스터 선생님을 무척 좋아했다. 내년에도 그에게 수업을 받았으면 했다. 그래서 그녀는 진실과 먼, 거짓말을 했다.

"아니, 쓸데없는 게 아니에요. 웹스터 선생님은 교사 잡지에서 터득하신 새로운 교육법을 우리에게 적용하시는 거예요. 눈을 감고 곰곰이 생각해서 머릿속에 철자를 떠올리게 하는 방법이지요. '내셔널 스펠링 비' 대회에서도 그 방법을 쓴다고요. 선생님의 교육법은 대단한 효과를 지녔어요. 저도 받아쓰기에서 100점을 받은걸요."

"그야 당연한 게지. 나의 그레고리, 오 하느님, 하늘에서 잘 지내고 있는지……. 그레고리도 항상 우등생이었지. 공부만큼은 양보가 없었어. 마야, 너도 그럴 거고."

할머니는 모르가나를 쳐다보며 말했다.

"고기는?"

모르가나는 잠시 나갔다가 큰 쟁반에 처크 로스트 요리를 가지고 다시 들어왔다. 정확하게 야채와 감자 접시 사이, 식탁 한가운데에다 고기를 올려놓았다.

마야는 할머니의 신경을 거슬리게 하는 육즙이 새어 나오는지 고기를 살폈다. 하지만 모르가나의 손은 매웠다. 그녀는 금방 그만두고 도망간 지금까지의 가정부들과는 확실히 달랐다. 할머니는 바닥을 힐끗 보며 말했다.

"모르가나, 오늘 걸레질한 뒤 왁스를 먹였어?"

"예, 사모님. 한 지 세 시간도 안 된 걸요."

마야는 하얀 타일들을 내려다보았다. 바닥은 고요한 호수처럼 빛났다.

"얼룩이 보이네. 이 집에선 무능력을 허락지 않아. 있을 수 없는 일이야, 모르가나. 식사 후에 닦도록 해."

마야는 속으로 '봐요, 할머니는 해도 너무한, 정말 불합리한 사람이에요'라고 말하곤 모르가나에게 동정의 미소를 보냈다. 모르가나는 고개를 까딱거린 뒤, 이내 딱딱하게 굳은 얼굴로 부엌을 빠져나갔다.

　마야는 시종 눈을 아래로 깔고 식사를 했다. 한마디의 말도 뱉지 않았다. 달가닥거리는 쟁반 등 식기 소리와 꿀꺽, 할머니의 수프 삼키는 소리만 들릴 뿐이었다. 잠시 뒤, 열린 창문으로 길 건너, 한 아이가 숨바꼭질을 하며 수를 세는 소리가 들려왔다. 축제 음악을 요란히 틀고 가는 아이스크림 트럭이 알타데나 언덕을 기어가는 듯 내려가자, 아이들은 아이스크림을 달라고 꽥꽥 소리를 지르며 트럭을 따라갔다. 마야는 밖을 주시했지만 내심 무관심한 척했다. 할머니는 이런 모든 것들을 헛짓거리라 생각했으며, 한 번도 용납한 적이 없었다.

　따르릉, 자전거가 벨을 울리며 인도 위를 지나갈 무렵, 모르가나가 다시 식당 안으로 들어왔다. 근데 왠지 모르게 자신감에 으스대는 듯했다.

　"마네티 사모님, 좀 주제넘은 것 같지만, 이런 걸 보여드리는 거…… 말입니다. 하지만 마야를 잘 보살피라는 당부의 말씀이 있었기에……. 오늘 오후에 마야가 이걸 갖고 놀았어요. 그것도 옷장 안에 보관해두고 있었지요."

모르가나가 신발 상자를 내밀었다. 마야는 냅킨을 움켜쥔 채 벌떡 일어났다. 얼굴은 믿을 수 없다는 표정으로 굳어져 있었다. 처크 로스트가 위 속에서 뒤틀렸다. '안 돼!' 하고 소리를 질렀지만 할머니는 모르가나에게 가까이 오라고 했다. 할머니는 안경을 오른손 중지 끝으로 올리면서 상자 안을 들여다보았다. 마야의 엄마 사진이 맨 위에 있었다.

"내 집에 이것들이 언제부터 있었던 게야?"

처음으로 마야는 할머니의 비위를 맞출 단 하나의 거짓말도 떠올리질 못했다.

"그러니까 우리…… 엄마가 어릴 때 제게 주셨어요. 말씀드리지 못한 건, 음…… 할머니께서 말을 싫어하시니까."

마야는 모르가나를 힐끗 보며 말했다.

할머니는 어쩔 줄 몰라 하는 손녀를 살펴보기 위해 몸을 숙였다.

"마야, 네 엄마는 말에 집착했어. 그것도 병적으로……. 그리고 말은 끝내 네 부모들을 불행하게 만들었지."

마야는 털썩 주저앉아 접시에다 눈을 고정시켰다. 할머니는 모르가나에게 말했다.

"나의 그레고리는 장가갈 나이가 훌쩍 넘어 마야의 엄마랑 결혼을 했어. 마흔이 넘어서야 사업에 성공을 했지. 패서디나

지역에 자리를 잡았어. 그리고 와이오밍에 휴가를 갔지. 세상에, 그런 오지에 말이야. 그림을 그리기 위해서였지. 그림 그리기란 아주 하잘것없는 잡스런 취미지. 거기서 그 여자를 만났던 거야. 생각해봐! 그 여잔 내 아들 나이의 반밖에 안 됐어. 그 여자네 집 사람들은 동물들과 살았지. 그들 모두 동물이나 마찬가지야. 그레고리가 그 여잘 데려왔어. 버림받은 촌구석에서 문명이 번쩍이는 이곳으로 말이야."

할머니는 숨을 깊게 들이쉬곤, '휴!' 하고 뱉었다.

"내 아들은 바로 그런 사람이었어. 항상 가난하고 불쌍한 사람들을 도와주려는······."

할머니는 눈을 가늘게 뜨며 무섭게 말했다.

"하지만 그 여자는 결코 말 타기를 그만두지 않았지. 내 아들은 그 여자에게 빠져 있었고. 둘은 어딘지도 모를 곳으로 여행을 떠났어. 그 여자는 마음껏 말을 타기 위해, 아들은 그림을 그리기 위해······. 그때 사고가 난 거야."

할머니는 잠시 넋이 나간 듯 보였다.

"내 하나밖에 없는 아들, 얼마나 착했는데······. 그 여자와 말이 내 아들을 뺏어갔어. 그 여자 손으로 내 아들을 죽인 거나 마찬가지란 말이야."

"어떻게 위로의 말씀을 드려야 할지······. 사모님. 외람되지만 아드님과 며느님은 코스타리카에서 보트 사고로 돌아가신 게 아닌가요?"

할머니는 다시 현실로 돌아온 듯, 눈을 부릅뜨며 말했다.

"당연히 아니지! 대체 그런 말은 어디서 들은 거야?"

모르가나의 눈은 마야를 향해 이글거리고 있었다. 마야는 미안한 표정을 지으려 애썼지만, 그럴수록 자신도 화가 치밀어 올랐다.

"내 손녀가 상상력이 좀 풍부하지. 아직 어린애잖아. 철들면 괜찮아지겠지. 그레고리는 진실한 사람이었어. 마야도 그렇게 될 거야. 모르가나도 그렇게 생각해줘. 그리고 상자는 쓰레기통에다 버려. 그 더러운 동물, 그리고 그 여자랑 관계되는 어떤 것도 집에 들여놓아선 안 돼."

모르가나는 마야에게 보란 듯, 얼굴을 치켜들고 찬찬히 걸어서 나갔다. 달칵, 뒷문 닫히는 소리가 들릴 때까지 정적이 흘렀다.

"토요일, 도서관에서 보내는 자유 시간은 더 이상 없다. 가서 목욕이나 해라."

딱딱한 할머니의 말에 마야는 조심스레 의자에서 몸을 빼낸 뒤, 주먹을 불끈 쥐었다가 펴며 2층으로 올라갔다. 비록 가정부가 지켜보긴 하지만 일주일에 한 번 도서관에 가는 소중한

한 시간을 뺏기다니……. 말 백과사전을 봐야만 하는데……. 그래, 오히려 잘 됐다. 마야는 모르가나와는 정말 아무 데도 가고 싶지가 않았다.

숨을 깊게 들이쉬면서 마야는 이리저리 생각을 해보았다. 쓰레기는 목요일에 수거되었고, 오늘은 금요일. 장난감 말들을 구해낼 시간은 일주일이나 남았다. 파자마를 입고 가운을 걸쳤다. 지금까지 가정부들이 바로바로 복수를 당했던 지난날을 떠올리며, 자신을 위로했다. 캐서린에게는…… 할머니가 좋아하는 흰색의 아주 섬세한 옷만 들어 있는 세탁기에 파란색 셔츠를 집어넣었으며, 페트리샤에게는…… 매운 것을 싫어하는 할머니에 대해 할라피뇨 고추를 넣은 음식을 좋아하신다고 말했고, 로라에게는…… 손톱에 빨간색 매니큐어를 발라도 나쁠 건 없다고 말했다.

마야는 회심의 미소를 지었다. 일주일이면 충분한 시간이었다.

새 식구

아르테미시아는 시간이 충분히 지났다고 생각하며 주둥이를 들고 귀를 예민하게 실룩거렸다. 심상치 않은 기운을 느꼈다. 그리곤 본능적으로 긴박감과 곧 무리로 돌아가야 할 필요를 느꼈다. 마침내 아르테미시아는 클리를 데리고 그곳을 떠났다.

아르테미시아가 방향을 틀면 클리도 따라 틀었다. 새끼의 가느다란 다리가 힘줄이 쭉 뻗친 어미의 다리를 흉내 냈다. 새끼가 돌멩이들과 그리스우드*를 살피느라 멈추면 어미는 주둥이로 밀어 길을 재촉했다. 굶주린 포식자들에게 새끼가 먹힐

---

* 명아줏과 관목.

까 봐, 어미는 한시라도 귀를 늘어뜨리지 않았다. 고분고분, 말을 잘 듣는 착한 새끼를 언덕 위까지 끌고 가다 보니 저 멀리 말무리가 눈에 들어왔다. 안심이 되었다. 어미는 돌아왔다는 표시로 울음소리를 냈다. 무리의 모든 말들이 돌아보자, 아르테미시아는 보란 듯 당당하게 걸어나갔다. 새끼를 낳아 새 식구 하나를 보탠 자신이 자랑스러웠다. 사전트가 기민하게 아르테미시아를 향해 고개를 돌렸다.

'네가 보고 싶었어. 잘 돌아왔어. 그리고 이게 누구야?'

사전트는 히이잉, 소리 질렀다. 하지만 곧장 달려가질 않고 멀찌감치 서서 보호 자세를 취했다.

조지아가 다가와 깊고 부드러운 울음소리로 인사를 했다. 호기심에 가득 찬 조지아가 새끼의 냄새를 세밀히 맡는 것을 아르테미시아는 지켜봤다. 클리는 조지아의 코에 주둥이를 가져갔다. 하지만 이내 부끄러운지 어미에게 돌아왔다. 두 살배기 와이어스는 철없는 망아지답게 과감하게 다가갔다. 메리는 와이어스가 너무 날뛴다 싶었던지, 와이어스를 막기 위해 중간에 끼어들었다. 메리는 코를 클리의 등에다 문질렀다. 아르테미시아는 허락했다. 메리의 동생에 대한 보호 본능을 존중해주고 싶었다.

아르테미시아는 몇 걸음 나아가, 긴 줄기의 소변을 보았다.

사전트가 성큼성큼 다가가, 웅덩이 속 냄새를 맡더니 보다 더 긴 줄기의 소변을 봤다. 아르테미시아가 자신의 것이란 걸 주변 지역의 다른 수컷들에게 알리려는 일종의 포고였다.

아르테미시아는 느릿느릿, 새끼에게 돌아왔다. 사전트가 그의 아들을 보기 위해 앞으로 다가갔다. 아르테미시아는 새로 태어난 새끼 옆에 우뚝 선 사전트를 지켜보았다. 그 거대한 종마에게 어떻게 경의를 표해야 하는지 아무도 가르쳐주지 않았건만, 갓 태어난 새끼는 본능적으로 아는 듯했다. 입을 벌려 이빨을 딱딱 마주치면서 이렇게 말하는 듯했다.

'난 여리고도 약해요. 난 결코 당신에게 위협적인 존재가 아니에요. 당신의 보호가 필요하니 제발 날 해치지 말아요.'

적절한 복종의식에 대체적으로 만족했는지 사전트는 클리의 주둥이에 코를 가져갔다. 킁킁 냄새를 맡은 뒤, 곧 아르테미시아에게로 향했다. 사전트가 아르테미시아의 목덜미를 애무하자 아르테미시아는 눈을 살포시 감으며 강한 종마의 부드러운 혀를 예민해진 피부로 받아들였다. 둘은 마치 조각상처럼 서로 기대어 털을 다듬어주었다.

밤새도록 클리는 어미의 젖과 아랫배에 파고들었다. 어미는 새끼를 기꺼이 받아주었다. 젖을 배불리 먹이고 나면, 어미는 새끼가 녹초가 되어 땅바닥에 주저앉을 때까지 지켜보았다.

자는 동안에도 안전한지, 숨을 쉬고 있는지, 머리를 숙여 확인했다.

앰뷸런스

마야는 화가 치밀어 숨을 깊이 몰아쉬었다.

침실에서 발코니로 향하는 좁은 유리문을 열었다. 정원이 내려다보이는 곳이었다. 발판을 딛고 까치발로 뒤뜰 저 너머를 봤다. 흰색 담 바로 아래 장난감 말들이 있을 것이었다. 모르가나와 할머니의 감시를 피해 어떻게 찾아올 수 있을까? 쓰레기를 뒤지는 부랑자들에 대해 할머니는 늘 불평하지 않았던가? 자기가 되찾기 전에 만약 누군가가 자신의 아이들에게 주려고 가져가버리면 어떡할까?

마야는 방으로 들어갔다. 모르가나가 준비한 뽀송뽀송하고 백설같이 흰 교복 블라우스를 옷걸이에서 걷어 발코니로 가져갔다. 옷을 돌돌 뭉쳐 발로 마구 밟고선 질질 끌며 바닥을 닦왔다. 더럽혀지고 구겨진 블라우스를 쥐고 어둠 속에 서 있는 동안, 옆집에는 사람이 들어왔는지 방마다 불이 켜져 환해졌다. 마야는 그 자리에 박힌 못처럼 서 있었다. 이사 온 지 얼마 안 된 이웃집에는 아직 커튼이 없었다. 마야의 맞은편 2층 방이 환해졌다. 한 여자와 어린 여자아이가 들어왔다. 어깨에 수건을 걸친 아이는 바닥에 앉았다. 여자는 침대에 걸터앉아서 아이의 헝클어진 머리를 빗기기 시작했다. 아이가 뭔가 재잘대자 여자는 빙그레 웃었다. 머리카락이 매끈하게 가지런해졌음에도 여자는 아이의 머리를 빗기고 만지며 아이의 이야기를 들었다.

그때 숨죽인 목소리들이 마야를 공상에서 깨어나게 했다. 할머니의 야간 사찰이 아래층에서부터 시작되었다. 모르가나는 할머니가 하는 말을 클립보드에 또박또박 적어가며 뒤따라오고 있었다. 마야의 침실은 그 목록 맨 뒷부분에 있었다. 마야는 방으로 돌아와 블라우스를 옷걸이에 건 뒤, 침대로 기어들어가 자는 척을 했다. 할머니와 모르가나의 목소리가 계단을 타고 점점 커져만 갔다. 침실 문이 열리자 홀 불빛이 방 안으로 쏟아져 들어왔다. 할머니는 옷장 쪽으로 걸어오면서 딱딱, 지팡이를 두드렸다.

"모르가나! 이게 뭐지? 내일 마야가 학교에서 입을 블라우스를 세탁한 뒤 다려놓으라고 했는데. 어떻게 저런 걸 입고 학교에 가겠나? 당장 빨아서 다려놔. 그렇지 않으면 소개소에 바로 전화할 테니."

"아아……. 저…… 그런데……."

모르가나는 변명을 하려다 입을 다물었다. 그리곤 잰걸음으로 옷장으로 가 블라우스를 들고 나갔다. 이불 밑의 마야는 실망으로 얼굴이 일그러졌다. 모르가나는 당황하지도 않았다. 문이 닫히고 할머니 발자국 소리가 잠잠해지고 난 뒤에야, 마야는 돌아누웠다. 천장에 드리운 벌집 모양의 전등 그림자를 뚫어져라 쳐다보며 새 전략을 펴야겠다고 다짐했다. 모르가나가 이웃집에 일자리를 부탁하는 걸 엿들었다고 할머니에게 말할 수도 있었다. 무엇보다 그런 거짓말은 전에도 잘 먹혀들었다.

마야는 조금 전에 하던 공상을 이어나갔다. 그래, 아이는 여자에게 뭐라고 조잘거렸을까? 엄마가 살아 계시다면 엄마께 뭘 말해줄 건지, 마야는 정확하게 알고 있었다. 시시껄렁한 이야기일 것이다. 웹스터 선생님이 교실의 불을 끄고 학생들을 책상 위에 엎드리게 하고선 마가렛 헨리의 『바람의 왕』을 읽어주신 이야기. 이야기 끝 부분에서 교실 전체가 환호를 지르며 박수를 친 이야기. 제레마이어 보스웰이란 아이가 1학년 학생을 밀어 구내식당 한복판에 식판이 쏟아졌는데, 제레마이

걷기 ● 41

어가 너무 크게 웃는 바람에 그 1학년 학생이 미끄러져서 크림이 발린 칠면조와 으깬 감자 위에 얼굴을 박은 이야기, 아이스크림 트럭과 아이들 등, 온갖 시시콜콜한 이야기를 해줄 것이다.

 일요일 오후였다. 마야는 커다란 앨범을 무릎에서 놓치지 않으려 힘겹게 잡은 채, 거실 소파 비닐 커버 위에서 미끄러지지 않으려고 버둥거렸다. 할머니는 맞은편 윙백 의자에 앉아, 정원을 꾸미고 가구들을 페인트칠하는 데 드는 비용과 어떤 색이 어울릴지를 생각하며 샘플 책자를 넘겨 보고 있었다. 마야는 절레절레 머리를 흔들었다. 굳이 그렇게 할 필요가 있을까? 결국 할머니는 똑같은 색을 선택할 건데…….
"어디까지 봤어?"
 할머니가 물었다.
"열 번째 앨범이요. 5학년 여름의…….'"
 할머니는 일요일마다 아빠의 일생을 일 년 단위로 묶어 번호를 매긴 앨범들을, 그것도 의무적으로 들여다보게 했다.
"그래, 그때가…….'"
"'빅 베어' 호수."
 마야는 할머니의 말이 끝나기도 전에 나지막하게 말했다.

이제 모든 사건들을 외울 수 있을 정도였다. 아빠는 3학년 때 자전거에서 떨어져서 팔이 부러졌고, 5학년 때는 생일 선물로 트럼펫을 받았다. 고등학교 때는 체스와 테니스 동아리에 가입했고 우표 수집과 기차 여행을 좋아했으며, 고양이 털 알레르기가 있었다. 아빠는 화가가 되고 싶었으나 할머니는 어리석은 짓이라고 극구 말렸다. 그 대신 아빠에게 보다 사회적으로 인정받는 직업인 회계사를 권했다. 그 후 할머니는 그림을 장난삼아 해도 되는, 해될 것까지는 없는, 그저 심심풀이 취미 생활로는 좋다며 별로 개의치 않았지만, 아빠가 말 그림을 그리러 와이오밍으로 가는 건 또 다른 문제였다. 마야는 아빠의 그림을 한 번도 본 적이 없었으며 보려고 하지도 않았다. 할머니는 그 고통스런 '불행의 시간'을 떠올리게 하는 모든 것들을 없애버렸다.

  마야는 보던 앨범을 긴 벽장 속, 제자리에 끼워 넣고 아래 칸에서 다른 하나를 꺼냈다. 엄마의 모습을 도려낸 사진이 있었다. 마야를 안고 있던 엄마가 잘려나가 사진 속 마야는 공중에 붕 떠 있는 모습을 하고 있었다. 새삼스러울 것 없는 분노가 치밀었다. 엄마의 손과 머리카락 한 줌만 뻗쳐 있는 퍼즐 조각 같은 사진을 손으로 더듬었다. 복수심이 가슴속에서 일렁였다. 엄마와 마야의 유일한 연결 고리인 한 장의 사진, 그 사진 속 엄마가 마야의 인생에서 분리돼 쓰레기통에 처박혀 있지 않은가?

"마야, 얼굴이 상기되어 있네. 안색이 좋아질 때까지 학교에 가지 말고 집에 있어라."

"아뇨. 괜찮아요."

마야는 고개를 저으며 애원하듯 말했다. 마야는 몇 주 동안 학교를 못 가곤 했다. 엉뚱하게도 할머니는 마야가 병들어가고 있다고 생각하기 때문이다.

"그래도 집이 더 안전해."

마야는 팔짱을 낀 채, 말 없이 할머니를 노려보았다. 말로 해선 소용없다는 걸 알고 있었기 때문이다. 마야는 학교에 가지 못했다. 물론 도서관에도……. '마야'의 의미가 '막 시작할 여행'이라니 웃기는 일이었다. 마야는 아무 데도 가지 못할 것이다.

마야는 어떤 색을 칠할까 하고 페인트 샘플에 신경을 쓰고 있는 할머니로부터 눈을 떼지 않았다. 문득 모르가나를 쫓아내는 것 말고도 할머니에게도 벌을 주고 싶다는 생각에 사로잡혔다.

할머니는 원하는 색을 찾았는지 클립보드에다 뭔가를 끄적였다.

"아침에 모르가나에게, 전화로 화요일에 페인트공들을 부르라고 말해야겠다."

할머니는 마야에게 잠시 자리를 비운다고 말하곤 클립보드와 펜을 티테이블에 놓고 나갔다. 마야는 클립보드를 들여다보았다. 울퉁불퉁한 할머니의 글씨를 읽기 위해, 앞으로 몸을 쭉 내민 뒤 머리를 좌우로 돌렸다.

'블랑샤르 페인트에 전화할 것. 34번 색.'

마야는 잽싸게 방 안을 살폈다. 발걸음 소리가 들리는지 귀를 바닥에다 대보았다. 아무도 없음을 확인한 뒤, 샘플 책자에서 34번 색을 찾았다. 어김없이 갓 나온 달걀빛 흰색이었다. 계속 다른 색들을 살폈다. 펜을 집어 들곤 재빠르게, 정확하게 '3'을 '8'로 살짝 고쳤다.

'블랑샤르 페인트에 전화할 것. 84번 색.'

마야는 흐뭇했다. 일어나 거실 밖으로 나와서 몇 걸음 떼고는 멈추었다. 심사가 뒤틀려 신발 바닥 날을 세워 질질 끌었다. 흠잡을 데 없던 매끈한 타일이 시커먼 자국으로 흉해져버렸다.

화요일 오후, 낮잠에서 막 깨어난 할머니는 마야를 방으로 불렀다.

"이리 오렴, 아가야. 창문 밖을 봐. 내 눈이 뭔가 잘못된 것 같구나."

할머니는 안경을 닦은 뒤 다시 쓰고는 뒷마당을 향해 눈을 가늘게 떴다.

"햇빛의 난반사 때문이지? 보이지, 저거?"

고개를 돌려 뒷마당을 내다보던 마야는 웃음을 참기 위해 입술을 깨물어야만 했다.

"페인트칠하는 사람들이 보여요, 할머니. 그리고 할머니가 칠하라고 한 가구들······. 근데 모르가나보고 흰색을 칠하라고 하지 않으셨나요?"

할머니는 눈을 크게 껌뻑거리곤 창문 쪽으로 다가가, 튀어나올 듯한 눈으로 마당을 봤다. 입술이 부들부들 떨렸다. 지팡이를 움켜쥐곤 곧바로 아래층으로, 마당으로 폭풍같이 달려갔다. 마치 너운 수증기를 뿜어내는 기관차 같았다. 마야는 깡충거리며 뒤를 따라갔다. 당황한 페인트공들은 주문서를 보여주었다.

세 개의 테이블, 열두 개의 의자, 네 개의 잔디용 의자, 죽 늘어선 수십 개의 화분들이 화려한 핑크색으로 빛나고 있었다. 배 아플 때 먹는 물약 색이었다. 기이한 서커스단의, 화려한 금속 세공의 거대한 플라밍고 떼가 잔디밭 위에 내려앉은 것처럼 보였다.

 한 시간 안으로 모르가나는 해고되고 곧 소개소에서 새로운 가정부가 올 것이다. 오후의 충격으로 할머니는 몸져누웠다. 이마에 차가운 수건을 얹고선 열을 식히고 있는 동안, 마야는 뒤뜰로 향했다. 흰 벽돌 벽에 박힌 커다란 나무 대문을 열고선, 골목으로 나가 쓰레기통 뚜껑을 열었다. 온갖 냄새가 풍겨 나왔다. 최근에 가지를 친 오렌지나무 냄새, 시큼한 쓰레기 냄새, 잘린 풀이 발효된 냄새. 마침내 신문지 더미 아래에 놓인 상자를 찾아냈다. 마분지 종이가 카모마일 티백들로 인해 약간 축축해져 있었지만 속의 장난감들과 엄마 사진은 뽀송한 채 그대로였다. 마야는 신발 상자를 가슴에 꼭 안았다.

"내가 지켜줄게, 걱정 마. 약속해."

마야는 다정하게 속삭였다.

"마야, 일어나."

 이른 아침, 조심스런 목소리가 마야를 단꿈에서 깨웠다. 비몽사몽, 마야는 눈살을 찌푸렸다. 새로운 가정부, 발렌티나가 내려다보고 있었다. 그녀는 걱정스런 표정을 한 채, 안절부절 못하는 눈빛으로 마야에게 말했다.

"일어나, 마야. 네 도움이 필요해. 할머니께서 오늘 아침 유난히 이상해 보여. 여러 가지 사소한 것들을 기억 못 하시고……. 내가 잘하는 건 없지만 그래도 늘 하던 대로 했거든. 아침 차를 쟁반에 담아 갔는데 날더러 모니카라고 부르셨어. 그리고선 내 전문 요리를 해야 한다고 하셨는데, '모니카 계란 요리……' 하시지 않겠어? 근데 난 모니카 계란 요리가 뭔지도 몰라."

어리둥절해진 마야는 벌떡 일어나 앉았다. 비록 발렌티나가 온 지 며칠밖에 안 됐지만 할머니는 한 번도 가정부 이름을 혼동한 적이 없었다. 모니카란 이름을 기억 속에서 떠올려보았다.

"모니카는 2년 전 우리 집에서 일한 가정부예요. 크림을 넣어 만든 스크램블 에그였는데……. 그래요, 맞아요. 체다치즈."

발렌티나는 양손으로 얼굴을 비볐다. 아침 일찍 일어나 일한 탓인지 피곤해 보였다. 전에도 몇 번 그런 모습을 본 터라, 마야는 발렌티나를 안쓰러워했다. 착한 사람, 하지만 그런 사람들은 항상 쉽게 무너져버렸다.

"내가 보여줄게요. 조리법은 작은 상자 안에 있어요."

마야는 이불을 걷어차고 잽싸게 옷을 입었다. 발렌티나는 마야가 읽어주는 조리법대로 요리를 했다. 대각선으로 자른

두 조각의 토스트를 접시에 놓는 것도 필수 사항이라고 적혀 있었다.

시계를 올려다본 마야는 천천히 식탁으로 향했다. 할머니의 자리에는 체리 하나와 자몽 반쪽이 놓인 접시 하나가 놓여 있었다. 할머니는 들어서면서 똑똑, 지팡이를 두드렸다.

"좋은 아침이에요, 할머니."

마야가 먼저 인사를 했다. 할머니는 고개를 끄덕였다. 지팡이를 짚고 있었건만 몸이 흔들렸다. 식탁까지 오는 데 평소보다 시간이 훨씬 더 걸렸다. 이어 발렌티나가 들어와 할머니의 접시에 음식을 갖다 놓았다. 할머니는 포크를 집어 들었다. 스크램블 한 점을 찍어, 입으로 가져갔지만 곧 눈살을 찌푸리며 기침을 해댔다.

"이런, 후추를 너무 많이 넣었군."

당황한 발레티나는 더듬으며 말했다.

"후추는…… 안 넣은 걸요."

할머니는 탁, 하고 식탁을 쳤다.

"나한테 거짓말하는 가정부는 필요 없어. 지금 당장 소개소에 전화할 수도 있어……."

"거짓말하는 거 아니에요. 제가 봤어요. 발렌티나는 후추를 하나도 넣지 않았어요."

마야가 말했다. 순간 할머니의 얼굴이 발개졌다. 몸 안에서 뭔가 치밀어 오른 것 같았으며 그것은 막 터지기 일보 직전이었다. 불길한 침묵의 순간이었다. 순식간에 도자기 접시가 공중으로 날아갔다. 벽에 부딪힌 접시는 쨍그랑 하고 바닥에 떨어졌다. 접시는 정확히 삼 등분되었다. 완벽한 삼각형 조각들. 계란 몇 조각이 벽에 튀어 페인트공을 다시 부를 핑계를 만들어주었다. 마야는 깨진 접시 조각들을 어리둥절한 눈으로 쳐다봤다. 할머니는 어떻게 완벽한 대칭으로 접시를 조각낼 수 있었을까?

할머니는 고꾸라지면서 머리를 식탁에 부딪치곤 바닥에 쓰러졌다. 발렌티나는 양손을 입으로 가져갔다. 마야는 그 자리에 못 박힌 듯, 쓰러진 할머니를 쳐다보기만 했다. 할머니의 머리는 자몽을 베개 삼고 있었으며 짓이겨진 과일에서 즙이 흘러내려 양탄자를 적시고 있었다.

발렌티나는 거실로 달려갔다. 마야는 발렌티나의 흥분한 목소리를 들을 수 있었다. 발렌티나는 전화를 걸어 누군가에게 서두르라고 말했다. 순간 마야는 할머니가 깨어나지 못할 수도 있다는 생각을 했다. 마야는 할머니의 어깨 위에다 두 손을 올린 뒤, '할머니, 할머니?' 하고 불렀다.

할머니의 몸은 축 쳐져 있었으며, 두 팔은 봉돌이 달린 낚싯

줄처럼 늘어져 있었다.

"앰뷸런스가 오고 있어, 지금."

발렌티나가 마야의 팔을 당기며 말했다.

"할머니한테 무슨 일이 일어난 거예요? 왜 꼼짝도 않죠?"

"나도 몰라. 급히 의사가 필요해."

발렌티나는 마야의 손을 꽉 잡았다. 혼란과 격정이 마야의 가슴속에서 일렁였다.

"할머니! 일어나! 당장 일어나란 말이야!"

앰뷸런스 소리가 점점 크게 들려왔다.

장난꾸러기 망아지

아르테미시아는 깊은 골짜기에 널려 있는 말의 해골들을 보았다. 그러곤 낭떠러지나 지반이 약한 땅을 피해 무리를 이끌었다. 무리 중 한 마리라도 추락해 다리가 부러지는 상황을 피하기 위해서였다. 그렇게 아르테미시아는 무리를 이끄는 선두마였다. 매시간마다 몇 분씩 젖을 먹여야만 하는 새끼가 있었건만, 무리 전체의 생존이 아르테미시아에게 달려 있었기에 늘 긴장 상태에 있었다. 언제 어디서 풀을 뜯어야 할지 혼자 결정해야 했으며, 무리의 나머지 말들은 그저 그녀를 따를 뿐이었다. 추적을 당해도 겁먹지 않았으며, 무리가 함정에 빠지게 되는 막다른 협곡은 피해 다녔다. 매일 저녁 쉴 수 있는 곳으로, 물이 있는 곳으로, 항상 안전한 곳으로 인도하려 했다.

아르테미시아는 멈춰 섰다. 다른 무리의 말들이 물을 마시고 있는 걸 알고는 긴장을 늦추지 않은 채 조심스레 물웅덩이를 바라보았다. 그 무리의 수말은 사뭇 공격적이어서 싸움을 잘 걸어왔기에 떠날 때까지 자신의 무리를 한곳에 붙잡아두어야만 했다.

다른 무리가 물러나자 아르테미시아는 무리를 전진시켰다. 클리는 무리로부터 꽤 멀리 떨어져 빈둥거렸다. 조지아는 머리로 클리를 무리 쪽으로 밀쳤다.

사전트는 뒤에서 무리 전체가 눈 안에 들어올 수 있도록 무리의 폭과 길이를 조정하며 감시했다. 물가에 닿자 사전트는 암말들에게 다가가 히이잉거리며 그 수를 확인했다. 사전트는 거의 4리터 이상의 물을 마신 뒤, 머리를 곧추세워 주변을 살폈다. 그를 이어 무리의 다른 말들이 목을 축였다.

클리는 이리저리 날뛰며 장난을 쳤다. 어미인 아르테미시아를 중심으로 점점 큰 원을 그리며 뛰어다녔다. 어미는 마치 메이폴* 같았으며, 둘은 밧줄로 연결돼 있는 것처럼 보였다. 클리는 발을 높이 쳐들고 걷기도 하고 뒷다리로 발길질을 하며

---

* 서양의 축제인 메이데이(5월제) 때 광장에 세우는 기둥으로, 꽃과 리본으로 장식하여 그 주위에서 춤을 춘다.

어른 말 흉내를 냈다. 무리로부터 좀 떨어져 있다 싶으면 곧 어미의 안전망으로 돌아왔다. 장난기가 발동해 메리를 좀 세게 물었는지 메리는 몸을 흔들며 클리를 쫓아버렸다. 이제 이 별난 망아지는 와이어스에게 관심을 돌렸다. 하지만 와이어스의 사나운 발길질에 클리는 내동댕이쳐졌다. 클리는 마지막으로 아빠, 사전트에게 다가가 한번 놀아달라고 어리광을 부렸다. 아르테미시아는 부자 사이로 쑥 나아가 클리를 말렸으나, 장난꾸러기 망아지는 어미 주위로 잽싸게 빠져나와 아빠 말의 뒷다리를 머리로 들이받았다. 사전트는 나지막이 울면서 클리를 살짝 물었다. 아르테미시아는 사전트가 망보기에 여념 없다는 걸 알았다. 다시 아르테미시아가 클리와 다른 말들 사이를 떨어뜨려 놓았다. 하지만 클리는 여러 차례 무리가 만드는 둥근 원 안으로 들어오려고 했다. 그때마다 아르테미시아는 클리의 접근을 허락하지 않았다. 불안해진 클리는 머리를 숙이고 잘못을 뉘우치는 아기처럼 어미에게로 다가왔다. 클리가 목을 이빨로 자근자근 물어달라며 기대오면, 아르테미시아는 어느새 누그러져 그들만의 작은 공동체로의 진입을 허락했다.

또 다른 가족

마야는 새 가족들이 자기를 환영해줄지, 천 번쯤은 생각했다. 좌석 안전벨트 아래 짓눌린 체크무늬 치마를 반듯하게 폈다. 흰색 블라우스와 파란색 카디건의 보풀을 떼며 창 아래 낯선 풍경들을 바라보았다. 조금 전, 네바다를 지나 유타로 진입한다는 기장의 방송이 있었지만, 도시 풍경은 안 보이고 메마른 갈색의 평지와 말라붙은 호수 바닥, 끝없이 이어지는 협곡뿐이었다.

비행기는 순항고도에 올랐다. 마치 몸이 공중에 붕 떠 있는 것 같았다. 마야는 시간에도 기묘한 특성이 있지 않을까 생각했다. 인생도 이 높이에 오르면 시간이 천천히 흐르는 것처럼 느껴질까? 아마 그런 일이 지금 일어나고 있지 않을까? 마야의 인생을 바꿔놓을 사건들이 밀어닥칠 때, 초와 분, 시간들, 그녀에게 숨을 고를 짬이 늘어나는……. 할머니가 스크램블 에그에 넣지도 않은 후추 맛이 느껴진다고 한 그날의 24시간은 마치 몇 달처럼 느껴졌다.

마야는 눈을 감았지만 어제 일어난, 결코 잊히지 않을 장면들을 떠올렸다. 간이침대에 실려 앰불런스 안으로 들어가던 할머니의 모습, 흰 가운을 입은 의사들과 사람의 정신을 빼놓는 듯한 응급실 풍경, 테니스 복을 입은 채로 달려온 할머니의 변호사, 베네데토 씨.

베네데토 씨가 마야를 집으로 데리고 왔을 때는 늦은 오후였다. 마야는 그 희끗희끗한 곱슬머리 아저씨를 좋아했다. 코 끝에 걸려 있어 자칫 떨어질 듯 보이는 그의 뿔테 안경마저 좋았다.

베네데토 씨는 마야의 맞은편 윙백 의자에 앉아 진지한 표정으로 말했다.

"마야, 할머니 일은 참으로 안됐구나. 심각한 뇌졸중이었단다. 할머니의 뜻에 따라 장례식은 없을 거야. 그리고 모든 사후 처리는 내가 맡아서 하게 될 거야. 아직 말하긴 좀 이르지만, 네 대학 교육에 관한 신탁까지 말이야. 집과 가구들은 패서디나 역사 유물관에 기증하기로 했어. 결혼식이나 연회, 기타 행사 목적으로 사용될 거야. 하지만 개인적인 사사로운 물건이나 가정용품들은 네가 원한다면 언제나 쓸 수 있도록 보관할 거야. 지금은 네 자신을 잘 챙겨야 할 것 같다. 가정부에게 내가 준비를 마칠 때까지, 오늘 밤 너와 함께 있어달라고 부탁했어. 올해는 와이오밍으로 좀 일찍 떠나게 되겠구나."

"와이오밍이요?"

"응, 림너 씨 가족에게…… 매년 가는 것처럼. 근데 이번에는 음…… 영원히 살러 가는 거야."

"그 사람들이 누군데요?"

마야는 어리둥절한 표정을 지었다.

"그 사람들이 누구냐고?"

베네데토 씨는 어이없다는 듯 웃었다.

"네 엄마 가족. 네가 매년 여름을 함께 보낸 사람들이지 누구겠니?"

마야는 벙벙한 표정을 지었다. 베네데토 씨는 이마를 찌푸리며 서류철을 넘겼다. 그중 한 구절을 손가락으로 짚으며 말했다.

"그건 네 부모님 유언이었어. 네 양육권은 나뉘어 있었어. 학교 다닐 때는 친할머니에게, 여름 방학은……."

그는 계속 읽어나갔다.

"월터, 프레데릭 그리고 바이올렛 림너 씨에게."

베네데토 씨는 눈썹을 치켜세운 눈으로 마야를 쳐다보며 모르고 있었냐는 듯, 의아한 표정을 지었다. 마야는 금시초문이란 듯, 어깨를 들썩거려보였다. 베네데토 씨는 천장을 향해 눈알을 굴리더니 털썩 의자에 주저앉으며 말했다.

"오, 아그네스."

그는 할머니를 꾸짖었다.

"그래서 나에게 여름에는 이 집에 오지 말라고 했구나. 유언을 따르지 않고 있다는 걸 내가 알게 될까 봐서……."

베네데토 씨는 한숨을 내쉬며 말했다.

"엄마 가족에 관해서 아는 거 있니?"

마야는 할머니가 말해준 것들을 머릿속에서 더듬어나갔다.

"엄마가 아주 어렸을 적에 외할머니께서 돌아가셨어요. 외할아버지는 다른 형제분들과 사세요. 근데 교육도 받지 않은 촌무지렁이들이래요. 미개척지에 돼지처럼 살고요. 아, 그리고 문화가 뭔지도 모르는 데다가, 형편없이 살아서 냄새도 고약하대요."

베네데토 씨는 고개를 저으며 말했다.

"할머니가 엄청 오해를 하신 것 같구나."

그는 서류를 훑어보며 말을 이어나갔다.

"여기 월터 림너 씨에 관한 정보가 있네. 사무실에 돌아가면 바로 전화를 하마. 그리고 발렌티나에게 전화해서 비행기편에 대해 알아볼게. 보다 더 자세한 이야기는 내일 하자꾸나. 이제 더 이상 걱정은 말고."

베네데토 씨는 일어나 머리를 흔들며 뭐라고 중얼거리곤 집을 빠져나갔다. 홀로 남은 마야는 걱정이 됐다. 가족들의 이름을 떠올려보았다. '월터', '프레데릭' 그리고 '바이올렛'. 다들 좋은 이름들이건만……. 만약 할머니가 말한 게 사실이라면? 아니, 나에게 말한 것보다 훨씬 더 끔찍한 사실을 할머니가 알고 있었다면? 그래서 할머니는 나로 하여금 그쪽에 못 가게, 몇 년이나 붙잡고 있었던 거라면? 왜 그들은 여태 나에게 연락을 취하지 않았을까? 나를 원하지 않아서? 마야는 아무래도 그들은 선한 사람들이 아니며, 최소한 무관심한 친척이라는 생각을 떨칠 수가 없었다. 하지만 어찌 됐던 달라질 건 없었다. 거기 말고는 갈 데가 없었으니.

발렌티나는 마야가 짐 싸는 것을 도왔다. 마야가 가진 모든 것들이 작은 가방 안에 들어갔다. 아래층으로 향했다. 아빠의 사진들 앞에 한 걸음 한 걸음 멈춰 서, 사진 속 아빠의 얼굴을 만졌다. 이 방 저 방 돌아다니며 찍는 발걸음 소리는 공허한 이별 인사로 들렸다.

귀에 익은 아이들의 노는 소리가 창밖에서 들려왔다. 할머니도 없으니, 밖으로 뛰어나가 마음껏 뛰놀 수 있다는 걸 안다. 하지만 그러지 않았다. 그 대신 비닐 커버 아래 숨 막혀 하는 가구들을 살펴보고, 텅 빈 벽을 톡톡 두드려보고, 구김 하나 없는 커튼 뒤를 지나보다가, 식당 안으로 들어갔다. 처음으로 젖빛유리 꽃병들을 하나하나 만져보았다.

잠을 자기 위해 2층으로 올라가며 마야는 이런 생각을 했다. 언젠가는 풍성한 웨딩드레스를 입고선 하얀 베일을 끌며, 이 홈 하나 없는 타일 위를 쓸며 지나갈 것을……. 그럼 돌아가신 할머니께서도 좋아하실 텐데…….

마침내 비행기 바퀴가 땅에 닿았다. 브레이크를 밟자 마야는 장난감 말이 들어 있는 상자를 꼭 쥐곤 좌석 깊숙이 몸을 묻었다. 모든 승객이 비행기 밖으로 나갈 때까지 기다렸다가 통로를 천천히 빠져나왔다. 긴 승강 통로를 걸어가던 중, 승무원이 마야에게 물었다.

"방문이십니까? 아니면 귀향길인가요?"

마야는 이마를 찌푸리며 잠시 생각했다. 그리고 어깨를 들썩거리며 말했다.

"저도 모르겠는걸요."

무스 할아버지

　마야는 신발 상자를 열어 백갈색의 장난감 말을 꺼내 손 위에서 이리저리 뒤집어보았다. 솔트레이크시티 항공사 카운터 바로 앞에 놓인 플라스틱 의자에 앉아서 기다렸다. 속이 울렁거렸다. 모르는 게 너무나 많았다. 저녁 식사 분위기는 어떨지, 외할아버지가 얼마나 자주, 그리고 꼼꼼히 옷장을 검사할지, 신발에 얼룩이 지면 어떻게 할지, 모든 게 궁금했다. 플라스틱 말을 꼭 쥐었다. 대합실은 점점 비워졌다. 지나가는 사람들 한 사람, 한 사람 꼼꼼히 살펴보았다. 아무도 오지 않으면 어쩌나? 그땐 어떻게 해야 할까?

　길게 늘어선 창문을 통해 키 크고 건장한, 엷은 갈색에 흰머리가 희끗희끗한 남자 하나가 터미널 쪽으로 걸어오는 게 보였다. 말라붙은 진흙을 달고 있는 부츠, 반짝이는 버클 장식이 있는 가죽 벨트, 카우보이 모자에 선글라스와 파란색 작업복 셔츠. 지나가는 길에 그는 마야를 쭉 훑어보고는 '안녕' 하고 경쾌하고도 짧은 인사를 건넸다. 왜일까? 만난 적이 있던가? 자동문이 양쪽으로 열리고, 그는 성큼성큼 카운터로 걸어갔다. 항공사 직원에게 신분증을 보여주곤 종이에 서명을 했다. 그러고는 마야에게 다가왔다. 그를 한눈에 보기 위해서 마야는 턱을 높이 들어야만 했다.

"안녕, 마야."

그의 목소리는 마치 큰 나무통 바닥에서 나오는 것처럼 들렸다.

마야는 침을 꿀꺽 삼켰다. 이 거대한 남자가 마음만 먹는다면 솥뚜껑만 한 손으로 단번에 해칠 수도 있을 것이다. 마침내 그 남자는 손을 뻗어 마야의 머리를 만졌다. 마야는 흠칫, 뒤로 물러났다. 하지만 그 거대한 남자는 선글라스를 벗은 뒤, 바지 주머니에서 손수건을 꺼내 눈물이 가득한 눈망울을 꾹꾹 눌렀다. 흐느낌이 점점 커져갔다. 마야는 어른인 남자가 그렇게 슬피 우는 걸 본 적이 없었다. 모르는 사람 앞에서 우는 것이 창피하지도 않나? 부담을 느낀 마야는 시선을 바닥에다 두었다.

"나는 무스 림너. 본명은 월터지. 네 할아버지야."

마침내 그는 눈물을 보이며 목멘 소리로 말했다.

"이런 모습 보여서 미안하다. 하지만 이렇게라도 널 볼 수 있다는 게…… 너무나 놀랍고 반갑구나. 작은 새처럼 앉아 있는 네 모습이 엄마랑 얼마나 닮았는지……. 너도 알잖아, '엘리 버드'라고 불렸었지."

"엘리."

되뇌어본 엄마의 이름. 그리운 그 이름을 언제 마지막으로 불렀는지 기억이 없다. 오랫동안 잊었던 기억들이 되살아나 마야를 소름 끼치게 만들었다. 순간 마야는 여섯 살 적, 할머니의 뒤뜰에서 흰 벤치 사이로 바람개비를 돌리며 깡충 뛰어놀던 기억을 떠올렸다. 바람개비는 산들바람에 돌아가고 정신없이 엄마의 이름을 〈반짝 반짝 작은 별〉 음에 맞춰 불렀었다. 그 소리를 들은 할머니는 마야의 입을 비누로 씻게 하고, 바람개비는 쓰레기통에 버렸다.

무스는 세차게 코를 풀고는 손수건을 다시 주머니 속에 넣었다.

"이제 그만 집으로 가자."

무스는 마야에게 손을 뻗었다. 하지만 마야는 그의 손을 잡지는 않았다. 발딱 일어선 마야는 자신이 거대한 떡갈나무 옆에 선 자그마한 묘목처럼 느껴졌다.

"주차장에 트럭이 있어."

무스는 팔을 거두며 말했다. 마야는, 가방을 집어 들고 돌아서는 그를 따라갔다. 베개 하나와 개어진 퀼트 담요가 좌석 가운데에 놓여 있었으며, 마야는 될 수 있으면 조수석 창문 가까이에 앉으려 했다. 무릎 위에는 장난감 말들이 든 상자가 놓여 있었으며, 백갈색 말만은 마야의 손에 쥐어 있었다.

"여기는 6월 초의 저녁 날씨가 꽤 쌀쌀한 편이지. 담요랑 베개는 그걸 쓰면 될 거고, 가방 안에는 피그 할아버지가 만든 샌드위치가 있어. 와이오밍까지는 네 시간 정도 걸릴 거야. 그 밖에 필요한 게 있으면 말하려무나."

마야는 고개를 끄덕였다.

차는 금방 도시의 혼잡함에서 벗어나 풀밭 언덕을 올라가는 고속도로 위에 와 있었다. 새로운 세계를 빨아들이기라도 하겠다는 양, 마야의 두 눈은 정면 유리창에서 옆 유리창을 오갔다. 건조한 땅과 붉은 바위산들이 나타났다. 험악한 절벽이 기차 앞머리처럼 불쑥 솟아올랐다. 해가 넘어가니 삐죽한 산등성이가 더욱 선명해졌다. 붓으로 붉은 녹물을 찍어 선을 그려 놓은 것 같았다.

"아름답지 않니?"

"네, 아름다워요."

마야는 알타데나 거리의 싱싱하게 우거진 녹음을 떠올리며 말했다. 무스는 마야의 손을 보더니 고개를 끄덕였다.

"아직도 네 엄마의 말을 가지고 있구나."

"네, 선생님."

마야는 얼른 장난감 말을 상자 안으로 넣었다.

"걱정 마, 결코 빼앗지 않을 테니. 너를 만나기 위해 오랜 시간을 기다렸어. 날 '선생님'이라고 부를 줄 꿈에도 생각 못 했는데. 좀 더 편해지면 '무스'라고 불러. 다들 그렇게 부르니까. 물론 나야 '할아버지'라고 불러준다면 더할 나위 없이 좋겠지. 넌 기억을 못 하겠지만, 네가 막 네 살이 됐을 때, 네 엄마가 널 데리고 여기 온 적이 있어. 그때 네 엄마가 옷장에서 그 말들을 너에게 꺼내주었지. 널 데리고 다시 오겠다며……."

무스는 잠긴 목소리로 이야기를 이어나가다가, 목소리를 가다듬고는 화제를 바꾸었다.

"멀리 산이 보이지? '윈드 리버' 산이라고 불려. 로키 산맥에서 뻗어 나왔지. 이 지역 사람들은 그냥 '윈드'라고 부르지."

무스는 손으로 동북쪽을 가리키며 말했다.

"우린 지금 저쪽으로 갈 거야. 윈드 산맥으로 말이야. 지금 꽤 높은 곳에 올라와 있단다. 목장에 도착하면 해발 2,000미터가 넘을 거야."

마야는 죽 늘어선 산봉우리들을 바라보았다. 그 사이로 사막이 쭉 뻗어 있었다. 주변에는 고속도로와 눈을 막기 위해 쳐진 울타리 외엔 그 어떤 것도 없었다.

하늘이 어두워지자, 공기가 차가워졌다. 마야는 퀼트 담요를 끌어와 무릎 위에 편 뒤, 두 다리와 장난감 말 상자를 덮었다. 따뜻함을 위해서였지만, 다리와 상자를 가리기 위해서이기도 했다.

"목장, 기억나니?"

'목장'……. 희미하고도 아주 작은 새알만 한 기억이 날 듯도 했지만, 마야는 '아니요'라고 답했다.

마주 오는 차가 트럭을 향해 상향등을 켰다. 눈이 부시는지 무스는 트럭의 라이트를 껐다가 켰다. 그러자 그 차는 곧바로 빛을 낮추었다.

교통량이 줄어들고 마야와 무스를 태운 트럭만이 외로이 달리고 있었다. 온몸에 피곤을 느낀 마야는 베개 위에 머리를 떨어뜨렸다. 트럭 안은 어두웠으며, 엔진 소리로 가득했다. 마야의 눈이 감겼다. 잠들기 전, 봄기운에 땅을 헤집고 나온 새싹 같은 작은 설렘이 가슴에 일렁거렸다.

와이오밍의 아침

마야는 분명 동물이 낑낑대는 소리를 듣고, 화들짝 놀라서 깼다. 꿈이었을까? 몇 시쯤 됐을까? 아침 식사에 늦으면 할머니가 노발대발하실 텐데……. 더욱 골치 아픈 건 지난밤 입던 옷 그대로 잠을 잔 것이다. 발딱 일어나 이리저리 고개를 돌리며 살펴보았다. 후두둑 떨어지는 빗방울처럼 마야의 의식 속에 이틀간의 기억들이 샘솟기 시작했다. 숨을 크게 들이쉰 뒤 찬찬히 주위를 살폈다. 아래쪽으로 비스듬하게 기울어진 패널 천장과 햇볕을 방바닥으로 쏟아붓는 두 개의 돔 창문이 보였다. 마야는 철제 머리판과 발판을 달고 있는 구식 침대에 앉았다. 장난감 말 상자는 소나무 서랍장 위에 놓여 있었고, 옷 가방은 방문에 끼워놓아 문이 열려 있도록 되어 있었다.

다시 낑낑대는 소리가 더 크게 들렸다.

'방 안에 뭔가가 있구나!'

털이 짧은 갈색 개가 침대 위로 뛰어올라 꼬리를 이불에 탁, 쳤다. 마야는 이불을 뒤집어쓰곤 비명을 질렀다.

아래층에서 발걸음 소리가 들려왔다.

"골리, 내려와!"

남자 목소리였다. 풀썩 내려가는 소리와 바닥을 긁는 발톱 소리가 들렸다. 목소리는 마침내 마야의 곁에서 들려왔다.

"이제 괜찮아."

마야는 뒤집어쓰고 있던 이불을 살며시 내렸다. 무스만큼이나 큰 노인이 서 있었다. 너무나 비쩍 말라 어떻게 바지가 내려가지 않고 허리에 걸쳐져 있을까, 궁금할 정도였다. 얼굴에 비해 지나치게 큰 코, 잘 손질된 콧수염은 그의 신체의 다른 부분과는 어울리지가 않았다. 보랏빛이 감도는 푸른 눈과 붉은 빛이 감도는 머리카락으로 봐선 마야의 친척임에 틀림이 없었다. 허리춤에 행주가 매달려 있고, 한 손에는 요리용 대형 포크가 뿔처럼 들려 있었으며, 그의 몸에선 베이컨 냄새가 났다.

"난, 너의 종조할아버지야. 피그라고 해. 네 할아버지의 형이며, 이 집 대장이지. 적어도 내 생각엔 그래. 진짜 이름은 프레데릭이지만 무화과라는 뜻의 '피그'라고 불리길 좋아하지.

이유는 곧 이해하게 될 거야. 넌 마야지?"

피그는 보고하듯이 말했다.

조금 전 그 개가 다시 나타났다. 침대 옆에다 앞발을 걸친 채, 몸을 쭉 뻗고선 숨을 헐떡였다.

"얘는 골리야. 너한테 쓰다듬어달라고 안달이네."

마야는 뒤로 물러나며 말했다.

"개는 사납고 더러운 동물이에요. 그리고 애들을 문다고요."

"뭐라고? 어디서 그런 말을 들었니? 어쨌든, 골리는 그런 개가 아니야. 순하다고. 그리고 어저께 목욕까지 시켰어. 자, 머리를 한번 쓰다듬어봐. 쓰다듬기 시작하면 자꾸 그러고 싶어질걸."

"할머니께서 그러셨어요. 개는 비위생적이며 비듬까지 있어서 폐에 들어가면 곧바로 알레르기를 일으킨다고요."

"글쎄, 그렇다면 걱정이구나. 골리가 한시라도 떠나려 하지 않을 텐데. 그래, 되도록 피해 다니도록 해라."

피그는 믿기지 않는다는 표정으로 말했다. 그리곤 문 쪽으로 갔다.

골리는 마야를 뚫어져라 쳐다보았다. 고개를 갸우뚱거리더니 귀를 쫑긋 세웠다.

"하지만 개가 덤벼들면 어떡해요? 광견병이나 벼룩, 진드기가 옮으면요?"

피그는 아래층에서 큰 소리로 답했다.

"골리가 너를 심하게 핥을 거야. 하지만 개들은 원래 그래. 그리고 예방접종은 했으니까 걱정 마."

"잠깐만요, 근데 우리 할아버지는 어디계세요? 무스 할아버지 말이에요."

마야가 소릴 지르자, 피그는 계단 아래서 더 큰 소리로 답했다.

"네 할아버지는 부엌에 있어. 네가 일어나면 근사한 팬케이크가 완성되어 있을 거야. '비-에이-시-오-엔(BACON)'이 다 됐어. 골리가 내 말을 알아듣기 전에 네가 눈치챘으면 좋겠다."

그때 골리는 이미 알아들었는지, 방에서 달려 나갔다. 마야는 침대에서 빠져나와 다들 어디로 갔는지 복도 밖을 살며시 내다보다가, 서랍장 위의 상자를 들고 창가 자리에 올라서서 밖을 보며 숨을 훅, 들이마셨다. 발아래 풍경이 마치 우편엽서 속 그림 같았다. 집 주위는 온통 깔끔히 다듬어진 잔디로 깔려 있었으며, 자갈로 된 진입로를 따라 두른 울타리 위로 순홍빛 인동초 덩굴이 기어오르고 있었다. 빙 둘러싸고 있는 산들은 마치 액자의 테두리처럼 보였다. 길게 늘어선 축사와 나무 울타리로 경계 지어진 넓은 목초지, 하지만 축사와 목초지는 텅 비어 있었다. 말들은 어디로 간 걸까?

마야는 방을 살폈다. 침대의 위치, 방바닥 깊숙이 스민 햇살, 기울어진 천장과 창가가 낯설지 않았다. 아, 그래! 바로 이곳은 언젠가 엄마와 함께 놀았던 곳이다. 그 자리에서 얼어붙은 듯, 소름이 돋았다. 파란색 작은 별들이 그려진 빛바랜 옥양목 의자 덮개를 손으로 쓰다듬으며 속삭였다.

"자유로이 달리는 별들의 것."

마야는 신발 상자를 열었다. 조심스레 백갈색의 장난감 말과 엄마 사진을 밖을 향하도록 창턱 위에 올려놓았다. 말과 엄마가 밖을 내다볼 수 있게 하기 위해서였다.

"마야, 팬케이크가 다 되었어."

피그가 소리쳤다.

"그리고 골리가 너의 '비-에이-시-오-엔(BACON)'을 노려보고 있단다."

마야는 잠자리를 돌아보았다. 아침 식사 전에 침대정리를 하지 않으면 어떤 벌을 받게 될까? 베이컨과 팬케이크 냄새가 코를 찌르며 위를 자극했지만 위험을 무릅쓸 순 없었다. 이불을 침대 위에서 들었다. 패서디나의 트윈베드 사이즈의 것보다 훨씬 크고 무거웠다. 잠시 2층으로 올라온 피그의 눈에는 거대한 퀼트 이불과 씨름하고 있는 마야가 들어왔다. 한 손은 허리에 올리고 다른 손은 한 켤레의 부츠를 들고 문간에 서 있는 그를 보자, 마야는 흠칫 놀랐다.

"놀랐나 보네, 미안하다."

피그는 부츠를 바닥에 내려놓곤 말을 이어나갔다.

"내가 도와주마."

그는 이불을 번쩍 들어 침대 위로 훌러덩 펼쳤다. 그러곤 베개를 가지런히 이불 아래에 놓았다.

"난 '어지럽히는 기술'을 연구하며 일생을 보냈지. 만약 네가 이렇게 '깔끔'을 떤다면 내 기분이 좋지 않을걸?"

마야는 어리둥절했다.

"그렇게 심각한 표정 지을 것까진 없어. 그냥 장난으로 해본 말이니까. 네가 잘못한 거 없어. 얼른 옷부터 갈아입어. 긴 바지로……. 그리고 저건 엄마 부츠인데, 결코 버릴 수가 없었어. 너한테 맞을 것 같은데, 혹시 크면 양말을 두 겹 껴서 신어. 우선 네 배 속부터 좀 채워야겠다. 꼬르륵 소리가 여기까지 들리네. 팬케이크 알레르기는 없지?"

마야는 고개를 끄덕였다.

피그는 문 밖으로 나가기 전에 마야를 훑어보았다. 꼼짝 않고 서 있는 마야에게 윙크를 했다.

"너도 '말라깽이 과'로구나. 넌 날 닮았어."

마야의 표정이 풀리고 입가에서 엷은 미소가 번졌다. 옷을 갈아입고 부츠를 신었다. 딱 맞았다. 적당히 낡은 가죽이 아주 부드럽게 느껴졌으며, 엄마의 것이어서 더욱 좋았다. 서보았다. 키가 좀 더 커 보였다. 어색하고 부자연스러웠지만, 부츠 끝에서 마야의 머리까지 엄마의 온기가 느껴지는 듯했다.

떡갈나무로 된 계단 난간을 잡고서 아래로 내려갔다. 흰 페인트가 닳고 벗겨져 나뭇결이 드러나 있었다. 엄마의 오랜 손길로 인해 페인트가 벗겨진 걸까? 매끈한 나무 난간을 만지며 천천히 내려갔다. 어느새 거실에 와 있었다. 얼굴과 다리에 흰 점이 있는 검은색 수말 그림이 소파 위에 걸려 있었다. 마야는 가까이 다가갔다. 휙 쓸어내린 검은 갈기, 활 모양의 휘어진 목, 야생적이고 도전적인 말의 자세에 넋을 잃었다. 두껍게 소용돌이치는 유화의 붓질을 눈으로 훑어가며 몸을 앞으로 기울였다. 숨을 크게 들이쉬었다. 몸을 돌려 거실의 나머지 부분도 둘러보았다. 이미 마야는 이곳이 마음에 들었다.

테이블 끝까지 가득 메운 장식품들은 조금만 건드려도 떨어져, 깨질 것 같았다. 낡았지만 편안해 보이는 가구들, 오래된 니스칠로 누렇게 변한 나무 바닥, 두 벽이 만나는 깊은 구석에는 시커먼 검댕을 왕관처럼 두른 벽난로가 자리잡고 있었다. 강돌로 만든 난로의 양쪽 벽에는 말을 타고 있는 엄마의 사진들이 뒤죽박죽 걸려 있었다. 그중엔 엄마가 대회에 나가 받은 상인지, 리본과 멋진 벨트를 두른 트로피를 들고 있는 것도, 어린 꼴리가 엄마의 발 앞에 다소곳이 앉아 있는 것도 있었다. 테이블 위에 놓인 사진 액자 하나를 집어 들었다. 엄마는 네 살 정도의 남자아이를 안고 있었다. 누굴까? 마야의 눈이 이 사진 저 사진, 바삐 옮겨가고 있는 동안 무스의 목소리가 옆방에서 들려왔다. 마야는 거실에서 살금살금 나와 부엌 가까이에서 엿들었다.

"변호사가 우리에게 한 말을 잊을 수가 없네요. 마야가 정기적으로 여름마다 여기로 왔어야 하지 않습니까? 그 늙은 할망구가 '방문에 대한 합의는 없다'며 우리를 속였어요. 할망구를 믿은 내가 바보지요."

"이미 죽은 사람에다 대고 나쁘게 말할 필요는 없어. 그리고 어떻게 그 사람 말을 믿지 않을 수가 있었겠어? 단지 그 사람이 잠시 우리를 속였을 뿐이라고 생각해. 결국 엘리와 그렉이 마야가 우리와 함께 시간을 보내길 원했다는 걸 알게 됐잖아. 마야가 여기 오기까지 너무 오래 걸린 게 안타까울 뿐이지."

"마야가 오자마자 곧 보내야 한다니 가슴이 찢어집니다."
무스가 말했다.

마야의 이마가 찌푸려졌다.

'나를 보낸다고?'

마야는 부엌의 스윙도어를 밀치고 들어갔다. 빛바랜 파란색 리놀륨 바닥과 노란색 찬장 위로 햇살이 가득했다.

'이 부엌도 페인트칠을 다시 해야겠군.'

거품과 그릇이 한쪽 싱크대에 가득했으며 기름이 하얀색 에나멜 스토브에 튀어 있었다. 마야는 부엌 한복판에 서서 팔짱을 낀 채 말했다.

"저를 보낸다고요?"

탁자 끝 쪽의 나무 벤치에 앉아 커피를 마시고 있던 피그와 무스는 깜짝 놀라 서로를 쳐다봤다.

"현재로선 그래……, 하지만 반드시 그런 건 아니고 선택 사항이라 볼 수 있지."

무스가 말했다.

"앉아봐. 설명해줄 테니."

피그가 마야를 테이블에 앉힌 뒤 말을 이어나갔다.

"무스와 난 너를 스위트워터 강으로 데려가, 바이올렛과 지내게 하려고 해. 바이올렛은 한참 어린 내 여동생이지. 미리

충고하건대, 바이올렛보고 나이 먹었다고 했다간 큰일 나. 없는 데서는 몰라도……. 우린 그녀를 바이라고 불러. 발음이 파이랑 비슷하지."

"마야, 넌 완전 평원 속의 삶을 경험하게 될 거야. 티피*에서 자고, 캠프파이어를 하며 생활을 할 거고, 매일 말을 타게 될 거야. 보통 사람들이 평생 보는 말의 수보다 훨씬 더 많은 말들을 이번 여름에 보게 될 거야."

무스가 말했다.

"우린 거의 1년 내내 함께 머물지. 바이는 대학에서 강의를 해. 예술사, 미국 남서부 화가들의 이야기 같은 거, 뭐 그런 것들을 가르치지. 무스와 난 시내에서 일을 해. 무스는 말편자 박는 일을 하고 난 만능맨이지. 워낙 똑똑해서 뭐든 다 할 수 있단 말이야, 허허."

피그의 말이 끝나기 무섭게 무스가 되받아쳤다.

"그 말은 제대로 할 줄 아는 게 없다는 뜻이야."

피그가 무스에게 뒤집개를 겨누며 말했다.

"경고하건대, 요리사를 화나게 하면 아주 위험해."

하지만 무스 할아버지는 픽 웃으며 말을 이어나갔다.

---

* 모피로 된 북미 원주민의 원뿔형 천막집.

"여름에는 바이가 야영장을 설치해. 바이는 승마 잡지에 기사를 쓰지. 몇 년씩 야생말의 사진을 찍으러 오는 사람들을 데리고 황야로 가지."

"우리 아빠처럼요?"

마야의 물음에 피그가 답했다.

"그래. 네 아빠는 네 엄마를 그때 그렇게 만났지. 네 아빠는 일주일 여행 패키지에 등록했고 바이가 인솔했지. 바이가 사람들에게 티피, 음식, 말들을 제공하고 앞장서서 가이드를 했어. 거실에 걸린 그림이 바로 그때 네 아빠가 그린 그림이야."

만족스런 미소가 마야의 얼굴에 번졌다. 아빠의 자취가 이 집에 있다. 적어도 그림 한 점은 할머니의 분노로부터 탈출한 셈이다.

무스가 헛기침을 했다.

"몇 주 있으면 여름이라 우리의 일이 확 줄어들어. 캠프로 갈 거야. 하지만 목장 일만은 끝내고 가야 해. 우린 네가 올 거라고 생각 못 했어. 물론 네가 와서 기쁘긴 하지만……."

"네 사촌 페이톤은 이미 바이랑 함께 있어."

피그의 말에 마야의 눈빛이 환해졌다.

"여자아이에요?"

"아니, 그러면 좋겠지만 남자아이야, 페이톤은 열 살 먹은

내 손자지. 몇 년 전에 아들이 남자애가 셋 있는 과부와 결혼을 했어. 그때 페이톤이 온 거지. 오해하지 마라. 우린 걔들 모두 사랑한단다. 하지만 그 아이 형들이 남자들이 할 수 있는 모든 짓궂은 장난을 다 가르쳐놔서, 말썽꾸러기이긴 해. 싸움도 잘 하고 말이야. 매년 여름에 콜로라도 집에서 이쪽으로 와. 그동안 걔 부모는 숨 좀 돌리지."

마야는 불안했다. 알타데나 거리 건너편 집 형제 같다면? 길거리에 침을 뱉거나 돋보기로 나뭇잎을 태우거나, 잔디밭에서 레슬링하는 애들. 게다가 마야는 이 집에 오랜 시간 머물고 싶어하지 않는가. 엄마의 아주 사소한 것까지 알고 싶고, 아빠의 그림 앞에 오래 앉아 깊은 생각에 빠지고 싶다. 어떻게 하면 할아버지들을 설득해서 더 머물 수 있을까?

"괜찮아요, 절 거기에 데려가실 필요는 없어요. 제가 기다리면 되죠. 할아버지들께선 일하시고 저는 그냥 여기에 있고. 한 발짝도 밖으로 나가지 않을 게요. 집에서 머무는 거 좋아해요. 집안일도 도울 거고요. 아참, 할머니랑 있을 때도 제가 거의 모든 일을 했어요. 청소랑, 빨래랑, 요리까지요. 찬장도 깨끗하게 닦고 벽난로도 청소할 수 있어요. 그거 정말 더럽던데……. 발판만 있으면 위에까지 닦을 수 있어요. 그런 다음 우리 모두 함께 가요. 그 황무지로……."

마야의 말이 채 끝나기도 전에 피그가 접시를 내밀며 마야의 머리를 냄비 집게로 톡톡 쳤다.

"알았어. 그만하고 앉아서 아침이나 먹어. 난 주방장이고……. 음, 그러고 보니 설거지 담당이 하나 생겨서 좋네."

장난기 있는 피그와 달리 무스는 진지하게 말했다.

"너를 온종일 집에 둘 순 없어. 양심에 걸려서가 아니야. 바이 할머니가 잔뜩 기대에 부풀어 있어. 너랑 함께 지낼 거라고……."

마야는 어떡하면 두 할아버지를 설득할 수 있을까, 아이디어를 짜내느라 고민했다. 팔꿈치를 식탁 위에 올린 뒤, 양손을 턱에 괴곤 무스와 피그를 번갈아 보았다. 마침내 볼을 발갛게 만들기 위해 몰래 자신의 뺨을 꼬집었다. 어쩌면 안색이 좋아질 때까지는 있으라고 할지도 모른다. 눈을 크게 뜨고 최대한 진실하게 보이는 눈빛으로 두 할아버지에게 말했다.

"아직은 제가 그곳으로 가는 게 무리일 것 같아요. 몸 상태가……."

"왜? 몸이 어때서?"

무스가 물었다.

"제가, 그러니까, 음, 높은 산에 올라가면 생기는 병……에 걸린 거 같아요. 지난밤에 우리가 해발 2,000미터에 와 있다고 했잖아요."

"고산병? 두통이 있니? 어지러워? 물을 좀 많이 마셔야겠구나……."

피그가 말했다.

"네, 고산병이에요. 오늘 아침 일어났을 때 어지러웠어요. 저는 패서디나에서 왔잖아요. 그곳은 거의 바다 근처라서 낮은 곳이에요. 오늘은 곧 극심한 두통에 시달릴 것 같고……. 열도 날 것 같고."

마야는 보다 더 실감나 보이게 손등을 이마에다 가져갔다.

"산에 갈 때마다 그 병이 생겨요. 2월에 할머니께서 캘리포니아의 '스노우 서밋' 스키장으로 스키를 타러 저를 데려가곤 했는데, 그때마다 저는 그 병에 걸렸어요. 완전히 나을 때까지 그곳을 떠나지 못했지요. 회복하는 데 보통 2주 정도 걸려요."

피그는 냄비 집게를 입술에다 댄 채, 난로를 향해 몸을 돌렸다. 무스는 엄지와 인지로 턱을 문지르며 곰곰이 생각하는 듯했다.

"그래, 지금은 그게 문제가 되겠구나. 오늘 오후에 너랑 함께 우리가 나타나지 않으면 바이 할머니가 아주 실망할 텐데. 어떡하든 바이 할머니의 계획을 망치지 않았으면 좋겠건만……. 너도 알다시피, 네 엄마는 네가 바이 할머니랑 여기서 여름을 보내길 바랐어. 말하자면 네가 엄마와 같은 경험을 하길 바랐던 거지. 우린 네 부모의 뜻을 존중하고자 하는 거야. 더구나 네 친할머니가 속였기에……."

무스는 젖은 눈을 냅킨으로 꾹꾹 눌렀다.

"이해하기 바란다."

마야는 저토록 쉽게 우는 남자를 본 적이 없었다. 좀 불편하게 느껴지기는 했지만 약간은 부럽기까지 했다. 마야는 어깨를 축 늘어뜨리며 단념하겠다는 뜻으로 고개를 끄덕였다.

"말도 탈 줄 몰라요."

"바이 할머니가 단번에 가르쳐줄 거야. 네 엄마나 페이톤에게 한 것처럼 말이야. 림너 가족들은 타고난 기수들이야. 안장을 싫어하는 사람들이 없었지. 바이 할머니가 고집스럽고 자기 멋대로인 사람이긴 해도 말에 관해선 최고지. 벌써 캠프장으로 말들을 트레일러에 태워 보냈어. 너는 셀처를 타게 될 거야."

"셀처?"

"아름다운 '블루 론'* 말이지. 바이 할머니가 길을 잘 들여놨어. 어떤 여행이든 견뎌낼 거야. 아주 보기 드문 믿음직한

---

* 짙은 털가죽에 흰색 털이 섞여 있는 말의 종류.

말이지."

마야의 시선은 팬케이크 안의 블루베리 한 알에 머물렀지만, 생각은 뒤죽박죽이었다.

'고집불통 할머니 바이와 심술궂은 장난꾸러기 사촌 페이톤, 사라져도 흔적도 못 찾을 황무지, 아빠와 엄마를 죽음으로 몰아간 말들.'

하지만 마야의 마음을 사로잡은 게 하나 있었다. '여행'이었다. 베이컨을 접시 가장자리로 밀어내면서 두려움 반, 설렘 반으로 맥박이 빨라지기 시작했다.

"든든히 먹어두는 게 좋을 거야. 그리고 2층에 올라가 물건을 챙겨 내려와. 트럭에 싣고 곧장 출발할 테니."

마야는 마지막 빵 조각을 삼킨 뒤, 스윙도어를 밀고 나왔다. 두 할아버지는 커피를 마시며 중얼거렸다. 스르륵 문이 닫히자마자, 마야는 한쪽으로 숨어 커피를 마시며 그 말을 엿들었다.

"세 사람이 함께 있는 걸 상상 중이야. 바이와 페이톤은 서로 잘 맞을지 몰라도."

피그의 말에 무스가 낄낄거리며 대꾸했다.

"별수 있겠어요? 마야가 바이의 비위를 맞추는 수밖에……."

바이 할머니의 리무다

 마야는 트럭 앞좌석에, 무스와 피그 사이에 끼어 앉았다.
 무릎 위에는 장난감 말 상자를 두었다. 골리는 피그의 허벅지를 딛고 차창 밖으로 머리를 내놓았다. 개털이 공중에 떠다니고, 침이 창에 부딪히고, 마야의 얼굴에 튀기까지 했다. 재치기를 하고 코를 풀어도 할아버지들은 마야의 알레르기에 대해 신경을 쓰지 않았다.
 두 시간 가까이 사막 고지대를 달렸다. 피그는 마치 여행 가이드처럼 자상했다. 라마 농장, 무스사슴과 물사슴 떼, 대머리독수리 등, 일일이 동식물들을 손가락으로 가리키며 설명해주었다.
 "왼쪽에 노란 꽃 보이지? 래빗브러쉬야. 고약한 맛이 나지.

그리고 그 옆에 삐죽삐죽 솟아난 건, 미국 서부 지역 자생화로 학명이 '안띨로까쁘라 아메리까나'인데, '가지뿔영양'이라 부르지. '산쑥' 종류는 여기 와이오밍에 아주 많이 있어. '아르떼미시아 뜨리덴따따'라고 부르지."

피그는 지평선 끝까지 펼쳐진 광대한 회녹색 들판을 팔로 쓸면서 말했다.

"네 할아버지가 입 다물고 있는 거 눈치챘지? 왜인지 알아? 내가 말하는 라틴어를 하나도 모르기 때문이지."

"천만에. 그냥 피그 할아버지가 혼자 잘난 체하도록 내버려 두고 있을 뿐이야. 말하고 싶어도 어디 끼어들 수가 있어야지. 혼자 떠들어대니까 말이야. 이 집안 내력이야, 조용하거나 촉새가 되어야만 하는."

마야는 두 할아버지를 번갈아 봤다. 중간에 끼어 있어 마치 마야의 눈은 탁구 경기의 공을 따라 다니는 듯 왔다 갔다 했다. 그렇게 두 노인은 주거니 받거니, 서로를 놀려댔다.

"들소를 라틴어로 뭐라고 하는지 알아. 들어볼래?"

마야가 고개를 끄덕이자 '비손' 하고 무스가 말했다. 그러자 피그가 무릎을 딱 치며 대꾸했다.

"무스 할아버지가 아는 유일한 라틴어지."

마야는 웃음을 꾹 참았다.

"그밖에 신기한 것들이 많아, 마야. 그냥 집중만 하고 있으면 멋진 것들을 실컷 보게 될 거야."

피그가 말했다.

"유령 말도 있어요?"

마야가 묻자, 피그는 고개를 돌려 마야를 보며 답했다.

"물론이지. 달빛 어스름한 밤에……. 너무 밝으면 안 돼. 페인트 호스의 흰 반점들만 눈에 들어와, 둥둥 떠다니는 것처럼 보여서 다들 벌벌 떨게 되지. 정말 유령처럼 보여서 말이야……."

피그가 마야에게 윙크를 하며 말하자, 무스는 고개를 절레절레 흔들었다.

속력을 줄인 차는 긴 흙길을 따라 내려갔다. 깊게 파인 웅덩이들을 기어가듯 피해 갔다. 잭래빗*이 길을 가로질러 깡충 뛰어간 뒤, 갑자기 강풍이 몰아쳐 트럭이 휘청거렸다. 흙길과 산쑥이 끝없이 나온다고 생각할 무렵, 언덕 샤이로 허름한 트레일러 한 대가 눈에 들어왔다.

"저게 캠프인가요?"

마야의 물음에 피그가 웃으며 답했다.

---

* 귀가 긴 산토끼.

"아니야, 우리가 어떻게 너를 저런 곳에다 두겠니? 몇 년 전에 쓰던 캠픈데, 강과 너무 떨어져 있어서 지금은 창고로 쓰고 있어."

커브 길을 돌자 무스는 길 한가운데에 트럭을 세웠다.

"마야, 저길 봐. 바이 할머니의 '리뮤다'야. 들어본 적 있어, 리뮤다란 단어? 말의 무리를 뜻하지. 한 마리가 너무 지치거나 다치지 않게 말을 바꿔가며 타는 거야. 장거리 여행을 할 때는 특히 그렇게 해야만 해."

마야는 밖을 내다보려고 애를 썼다. 왼쪽 커다란 축사 안에 얼핏 다섯 마리 정도의 말들이 보였으며, 연결된 우리 끝에는 한 마리가 외로이 서 있었다. 축사 앞 풀밭에는 밟힌 흙 자국이 쭉 뻗어 있었다.

골리가 낑낑거리자, 피그는 조수석 문을 열어주었다.

"자, 나가서 인사를 하자."

무스의 말이 떨어지기 무섭게 마야는 트럭에서 잽싸게 빠져나가 축사를 향해 뛰어갔다. 울타리의 가로대를 잡고 멍하니 쳐다봤다. 상상했던 것보다 훨씬 크고 당당한 머리, 생동감 있는 몸체, 슬로우 모션으로 육중하게 움직이는 말들은 마야의 마음을 사로잡기에 충분했다. 파리를 쫓느라고 꼬리를 철썩거리는 것도, 히힝, 콧구멍을 벌렁거리는 것도, 모두 사랑스러운 몸짓이었다. 그중 한 마리가 땅에 누워 굴렀다. 다리를 공중에 다 올린 채, 몸을 앞뒤로 흔들며 흙먼지를 일으켰다. 곧 이어 다른 말들이 따라했다. 마치 첫 번째 말이 그렇게 하라고 명령을 내린 것처럼……. 마야의 얼굴에 웃음이 번졌다. 사실 말들은 파리를 쫓으려고 땅에 구르는 것이었다. 도서관에 들락거리면서 알게 된 말에 관한 정보들이 떠올랐다. 하지만 책에서 본 사진들은 비교의 대상이 되질 못했다. 마야는 자신 앞에 펼쳐지는 장면들이 사라질까 봐, 눈도 깜박이지 않았다.

무스가 마야 가까이 다가왔다. 그리곤 검은 갈기의 갈색 말들을 가리키며 말했다.

"러셀, 캐틀린, 그리고 호머야. 적갈색 말 좋은 '베이'라고 불러."

"알고 있었어요."

"그리고 오듀본은 저기 밝은 황갈색 말이야."

무스는 큰 여물통에 물을 마시고 있는 말을 가리켰다.

"저 말의 색깔을 특히 뭐라고 부르는지 알아?"

"'던'이라고 부르지요."

마야는 커다란 회색 말을 가리키며 말을 이어나갔다.

"그리고 쟤는 셀처, '블루 론'. 하지만 정확히 말하자면 파란색이 아니죠. 검은색과 흰색이 섞여 있어, 파란빛이 도는 것처럼 보일 뿐이에요. 육지 포유류 중에서 가장 큰 눈알을 가지고 있어요. 아셨나요?"

"몰랐어. 근데 너, 말에 관해선 박사구나, 어떻게 그렇게도 잘 아니?"

무스가 말했다.

"책으로요. 직접 보니 훨씬 더 근사해 보여요."

마야는 계속 외로이 혼자 떨어져 있는 말을 가리키며 물었다.

"'소렐'이죠?"

무스가 고개를 끄덕이며 답했다.

"소렐 종의 표준치를 지닌 놈이지. 피부와 갈기, 꼬리가 모두 오렌지색이야. 윌슨이라고 불러. 페이톤이 즐겨 타지. 왜 쓸쓸히 혼자 있는지 알 수가 없네. 바이 할머니에게 물어봐야겠구나. 자, 바이 할머니가 우릴 찾아 나서기 전에 서둘러 캠프로 가야겠다."

떠나기 싫었지만 마야는 돌아섰다. 무릎을 굽힌 채, 트럭 창밖을 내다봤다. 축사 기둥에 매달려 있거나 무스 할아버지, 피그 할아버지와 함께 트럭 안에 앉아 있는 엄마를 상상해보았다. 아빠 역시 떠올려봤지만 어디에도 없었다. 할머니와 팔짱을 끼고 있는 정장 차림의 아빠 외엔……. 지금 마야가 느끼고 있는 감정을 아빠도 느꼈을까? 아빠도 이렇게 확 트인 넓은 공간에 매료되었을까?

 말들이 시야에서 사라졌다. 돌아앉으니 눈앞에 캠프장이 펼쳐졌다. 바위 산등성이와 구불구불한 스위트워터 강 사이의 계곡. 강둑은 무성한 버드나무를 망토처럼 걸치고 있었으며, 마야는 염탐하듯 그 주위를 살폈다. 멀리 풀밭에 흩어져 있는 티피가 생일 파티 고깔모자처럼 작게 보였다. 트럭이 천천히 다가가는 동안, 마야는 두 개의 사각 텐트를 봤다. 텐트 정면의 출입문은 항상 열려 있도록 끈으로 묶여 있었다. 텐트 하나는 식자재로 가득했는데, 통조림과 접시가 높이 쌓여 있었다. 나무 찬장은 냄비와 프라이팬으로 가득했으며, 컵걸이에는 미국의 국기인 성조기가 매달려 있었다. 또 다른 텐트 안에는 합판을 얹어 놓은 두 개의 간이 책상이 있었고 작업대 위엔 잡지와 리포트 용지들이 널브러져 있었다. 컴퓨터 옆 한쪽 구석에는 책들이 쌓여 있었으며, 돌돌 말린 차트와 지도가 뭉쳐져 있었다. 두 개의 텐트 사이에는 골함석으로 빙 둘러싼 불구덩이가 있었는데, 그 위엔 주석 냄비가 매달린 삼각대가 놓여 있었다. 작은 불꽃을 중심으로 주변에 놓인 다섯 개의 흰 플라스틱 의자들은 싱긋 웃고 있는 흰 치아처럼 보였고, 누군가 와서 앉아주면 그보다 큰 즐거움이 없을 거라 말하는 것 같았다.

피그가 그중 하나의 텐트를 가리키며 말했다.

"저곳이 바이 할머니가 연구하고 기사를 쓰는 곳이야. 트럭 뒤에 있는 상자 대부분이 사무실로 들어갈 것들이고. 책과 보고서를 가는 곳마다 지니고 다니지……. 호랑이도 제 말 하면 온다더니, 여왕께서 납셨네."

한 여인이 양팔에 야생화 다발을 가득 안은 채, 버드나무를 헤치고 그들이 있는 쪽으로 달려왔다.

"트럭이 오는 소리를 들었지?"

무스는 시동을 끈 뒤, 바이에게 큰 소리를 질렀다. 바이는 청바지에 낮은 굽의 부츠를 신고 있었으며, 소매가 희고도 빳빳한 셔츠에, 빨간 손수건을 목에 두르고 있었다. 바이는 무스와 피그를 본체만체하곤 마야를 향해 팔을 뻗었다.

"드디어 납시었도다."

바이는 마야를 끌어안고선 이리저리 흔들었다. 누군가가 자신을 그렇게 세게, 오랫동안 안아준 적이 있었나? 기억이 가물가물했다. 마야는 바이에게 안겨 공중에 붕 떠 있었다.

"실없는 오빠들이 나에 관해 악담을 늘어놓았겠지만, 요런 귀여운 망아지 한 마리가 더 오는 거라면 봐줄 수 있지."

바이는 마야에게 야생화 꽃다발을 안겨주었다. 무스와 피그는 키가 큰 데 반해 바이는 땅딸막해서 그들이 남매라는 사실이 믿기지가 않았다. 바이가 쓰고 있는 밀짚모자는 커다란 챙이 있어, 어깨까지 그늘이 졌다. 모자에는 말가죽으로 된 끈도 달려 있었다. 바람에 모자챙이 부풀어 오르면 모자는 금방이라도 날아갈 것만 같았다. 그때 마침 바람이 훽 불어와 모자가 벗겨졌지만 다행히도 모자에 달린 끈이 바이의 목에 걸려, 그 자리에서 뱅글, 돌기만 했다. 바이는 피그처럼 붉은색 머리카락을 지녔다. 대대로 유전된 보라색 눈은 흰 깃털 같은 눈가 주름으로 인해 더욱 또렷해 보였다. 바이는 손뼉을 치며 말했다.

"누구든 이런 바람 속에서는 살아 있다는 걸 느끼지 않겠니? 정말 내가 그래. 마야, 너는 네 엄마를 꼭 닮았구나. 정신없다, 골리. 그만 설쳐대고 얌전히 앉아 있어!"

골리는 생각보다 말을 잘 들었다.

"피그, 무스 오빠들, 장작 좀 날라다 주실래요? 쪼개는 건 내가 할게요. 페이톤은 어디 갔지? 페이톤! 강에 보냈더니만 여태 안 왔나?"

바이는 트럭으로 가서 상자 하나를 내린 뒤, 텐트 안으로 날랐다. 마야는 손에다 꽃을 한 아름 들고선 멍하니 서 있었다. 그리곤 천천히 원을 그리며 돌았다. 한없이 깊고도 넓은 하늘이었다. 발아래 지평선이 끝없이 펼쳐졌다. 세상이 달라 보였다. 경계를 표시하는 흰 벽 하나 없으니, 멀리 달아나도 어찌 잡겠는가!

"마야, 그만 봐. 하늘이 널 삼키겠어. 꽃은 젤리 통에다 꽂아 둬. 주방용 텐트 안에 있어. '라트린'은 저쪽 나무 뒤에 있고. 참, 우린 야외용 변기를 라트린이라고 불러. 오랫동안 차를 타고 왔으니 아마 필요할 거야."

바이는 바위산 아래 홀로 있는 텐트를 손가락으로 가리키며 말했다.

"트럭에 있는 네 짐을 가져와선 티피 안에다 둬. 그리고 저기 있는 의자에 앉아서 좀 쉬도록 해. 우리가 저녁 식사를 준비할 때까지 말이야. 오늘 밤은 네가 손님이니까……. 하지만 내일부터는 얘기가 달라지겠지."

바이는 서둘러 어디론가 가버렸다. 바이의 분주한 동작이 신기해 마야는 그녀로부터 눈을 떼지 않았다. 바이는 걷는다기보다 통통 튀어 올랐으며, 즐거움에 눈빛이 강렬하게 번쩍였다.

마야는 빈 젤리 통에다 물을 넣은 뒤 꽃을 꽂았다. 그리고 바이가 알려준 방향으로 향했다. 풀밭 속에 잘 다져진 오솔길이 나오고, 그 길은 다시 덤불 속 작은 공터까지 이어졌다.

라트린은 나무 상자 하나를 세워놓은 또 하나의 티피였다.

변기 시트가 놓여 있었으며 두루마리 화장지가 걸려 있었다. 마야는 누가 볼까 봐 텐트에 달린 여덟 개의 리본 고리를 걸어 문을 닫고, 변기를 향해 몸을 돌렸다. 부츠 아래서 축축한 풀과 흙이 철벅거렸다. 어쩔 줄 몰라 망설였지만 달리 방법이 없었다. 그저 땅에서 솟아 나온 물이길 바랄 뿐이었다.

라트린에서 일어나서 마지막 리본의 고리를 푸는 순간, 뭔가가 소리를 내며 지나갔다.

"누구세요?"

지지직거리는 소리에 이어 곧 귀가 찢어질 듯, '꽝!' 총소리가 연이어 들렸다. 마야는 귀를 막으며 비명을 질렀다. 누가 날 쏘고 있는 걸까?

마야는 결국 라트린에서 넘어져버렸다. 철버덕, 땅바닥에 엎어졌다.

마야의 새 친구

웬 남자아이 하나가 배를 잡고 웃고 있었다.
"와, 정말 재밌다!"
아이는 마야를 손가락으로 가리키며 깔깔거렸다.
"네 꼴 좀 봐, 진흙을 덮어쓴 것 보라고! 보기 좋다, 보기 좋아!"
아이는 좋아서 어쩔 줄 몰라했다.
"너무 웃겨서 눈물이 다 나는구나."
아이는 천천히 일어나, 한숨을 쉬곤 눈물을 닦았다. 짙은 청색의 눈을 지녔다.
"안녕, 페이톤이라고 해."
마야는 입속에 들어간 풀잎을 뱉어냈다. 아이는 마야의 사촌이었다. 일 분도 채 안 돼, 아이가 여간 개구쟁이가 아니라는 것, 자신과 맞지 않는다는 걸 마야는 눈치챘다. 마야는 눈을 가늘게 뜨고 한참을 노려봤다. 양 뺨에 볼우물을 둔 동그란 얼굴이었다. 마야보다 키는 작았지만 몸은 단단해 보였다. 풀잎 하나가 아이의 금발 머리에 끼어 있었다. 미친 듯 뒹굴며 웃어대는 동안 엉겨들어간 것이었다. 청바지에 부츠, 스웨터를 입은 모습은 꼬마 카우보이를 연상시켰다.

마야가 캠프로 향하자, 아이는 마야를 뒤쫓아왔다.

"야! 말했잖아, 내 이름이 페이톤이라고! 대답 안 할 거야? 정말 넌 예의 없는 애로구나. 어떻게 인사도 할 줄 모르니?"

마야는 계속 걸어가기만 했다. 페이톤이 달려와 마야를 따라잡았다. 그 후 페이톤은 마야 곁에 바짝 붙어 뒷걸음으로 따라가며 말했다.

"조금 전 그건 말이야. 그냥 폭죽이었어. 그렇게 큰 소리가 나는 것도 아니니, 캠프에까지 들리지 않았을 거야……. 에이, 그래, 알았다, 알았어! 트럭에서 내릴 때부터 알아봤어! 네가 고자질쟁이란 걸. 하긴 이곳에는 고자질쟁이 계집애 빼고는 다 있으니."

페이톤은 지레짐작으로 앞으로 마야가 할 것 같은 말들을 흉내 냈다.

"'바이 할머니, 짓궂은 남자애가 나한테 폭죽을 던졌어요.' 정말 이런 말은 정떨어지는 거라고!"

페이톤은 몸을 돌려 앞질러 가다가, 마야와 속도를 맞추기 위해 다시 되돌아와선 빙빙 돌았다. 마야는 저토록 정신없이 산만하고 번잡한 아이가 또 있을까, 생각했다. 캠프에 도착하기 전, 페이톤은 축사 쪽으로 방향을 틀었다. 마야는 다행이라 생각했다. 멀리 떨어져 있을수록 좋을 것 같았다. 마야는 트럭으로 가서 여행 가방과 장난감 말 상자를 꺼낸 뒤, 티피로 가져갔다. 티피 안으로 들어와서는 덮개 문을 꼭 닫았다.

안에서 퀴퀴한 말 오줌 냄새가 났다. 캔버스 천 바닥 위에는 스티로폼 쿠션과 침낭, 베개, 옷가지만 놓여 있었다. 손수건 두 개, 퀼트 조끼, 몇 벌의 반바지와 청바지, 티셔츠 두 장을 펴보았다. 새 옷들이 아니었지만 몸에 딱 맞았다. 바람막이 재킷을 가슴에다 맞춰봤다. 너무나 커 보였다. 하지만 엄마의 이름이 써 있는 걸 보고는 사이즈 따윈 문제가 되지 않는다고 생각했다. 입어보았다. 소매를 쓰다듬으며 조그만 원뿔 모양의 방을 둘러보고는 할머니를 떠올렸다.

'할머니가 이 모습을 본다면 기겁을 하시겠지. 하지만 엄마는 나를 위해 이렇게 하길 원하셨고, 아빠도 동의를 하셨어. 그리고 여기에서는 뭔가 멋진 일들이 벌어질 것 같아.'

마야는 네모난 창 덮개를 묶은 뒤, 장난감 말을 꺼냈다. 그리고 방충망 앞에 서서 밖을 내다보며 속삭였다.

"여기에 무슨 특별한 게 있을까?"

다들 모닥불 주위에 둘러앉아 식사를 했다. 옥수수, 닭고기, 과일과 감자를 먹었다. 무스와 피그는 강에서 가져온 물을 주전자에 데운 뒤 그 물로 설거지를 했다. 바이는 식자재용 텐트를 물걸레로 닦았다. 해는 지평선 너머로 떨어지고 하늘은 분홍, 주황, 파랑으로 물들었다. 마야는 모닥불을 사이에 두고 페이톤과 마주하고 있었으며, 페이톤은 손으로 깃털을 만지작거리고 있었다.

"난 깃털을 수집해. 이건 까치 깃털이야. 50여 종류를 가지고 있어. 그러니까 음, 눈에 띄면 즉각 나에게 알려줘. 내가 이미 수집한 건지 아닌지 말해줄게."

마야는 모닥불만 노려보고 있었다. 무스와 피그는 여전히 바빠 보였다.

"근데 너, 말 타본 적 있어?"

페이톤이 묻자 마야는 힐끗 뒤를 보며 대꾸했다.

"당연하지. 아주 많이."

"난 어릴 때부터 말을 탔어. 집에는 말이 두 마리나 있고,

'주니어 배럴 라이딩'* 대회에서 갖은 상들을 휩쓸었지. 근데 너, 캠핑 가본 적 있어?"

마야는 눈을 동그랗게 뜨곤 한숨을 쉬며 말했다.

"사실, 난 빅 베어 호수로 매년 여름 캠프를 갔어. 온종일 재밌게 놀았지. 수영, 공예, 하이킹 등을 하며. 근데 어느 날 텐트에서 잠을 자고 있는데 글쎄, 곰이……."

"곰이?"

페이톤이 갑자기 몸을 앞으로 당겼다.

"그래, 곰이…… 한밤중에 야영장으로 와서는 음식물들을 먹어치우고, 텐트를 박살 내놨어. 발톱으로 천을 찢고 들어왔는데……. 캡틴이 살아남은 게 기적이었지. 그 이후 우린 잠자리를 오두막으로 옮겼어."

"와아, 그래서 빅 베어 호수라 부르는구나. 난 여름에 꼭 여기로 오는데 곰은 볼 수가 없어. 산기슭에 물사슴이나 영양을 먹잇감으로 찾아다니는 퓨마는 있지. 퓨마는 사냥감을 발견하면 추적해서 죽인 다음 나중에 다시 와서 먹으려고 사체를 숨겨. 그리고 지진은? 네가 사는 곳에서는 두어 달마다 지진을 경험한다고 들었거든."

---

* 말을 탄 기수가 나무통 세 개를 빨리 돌아 나오는 경기.

마야는 억지웃음을 지으며 말했다.

"누가 그래? 두어 달이 아니라 이틀마다 지진이 있어. 집 안에 있는 모든 것들을 내려놓아야 해. 사방이 흔들리니깐. 오죽하면 난간이 다 있을까. 길거리를 걷다가 지진이 일어나면 잡을 것이 필요하다며……. 한번은 내가 2층에 있는데 지진이 일어난 거야. 끝났을 쯤엔 아래층으로 굴러떨어져 있었어. 위험하기도 했지만 신나기도 했지."

"정말이야? 학교는? 휴교령을 내리겠네?"

"당연하지. 지진 뒤엔 모든 게 뒤죽박죽돼버리거든. 정리가 될 때까지 기다려야만 해. 그리고 지진 때문에 못 한 수업을 매년 6월에 보충받지."

"우리가 폭설 때문에 보충수업을 받는 거나 비슷하구나. 그럼 넌 지진으로 다친 적 있어?"

마야가 답하기 전에 바이와 피그, 무스가 커피를 마시기 위해 모여들었다.

"무슨 얘기를 그렇게 재미있게 하고 있니?"

바이가 물었다.

"마야가 지진 이야기를 해줬어요."

"마야, 지진 경험한 적 있니?"

무스가 물었다.

"아니요, 그런 적 없어요."

마야가 답하자, 갑자기 페이톤이 의자에서 앞으로 고꾸라졌다.

"아니, 방금 네가 경험이 있다고 말했잖아?"

마야는 페이톤의 말을 잘라버렸다.

"제가 자고 있는 동안 지진이 한 번 일어난 적 있었는데 아무 일도 없었다고 할머니께서 말씀하셨어요."

바이는 마야와 페이톤을 번갈아 보더니, 마침내 페이톤에게 시선을 고정시켰다.

"페이톤, 내 텐트로 가서 기타를 가져오겠니?"

"네."

페이톤은 심술궂은 웃음을 지으며 마야의 의자를 툭 치고 지나갔다.

"얼른 갔다 와, 페이톤."

무스였다. 그는 페이톤의 등 뒤에서 소리친 뒤 바이를 향해 말했다.

"오늘 밤은 어떤 말에게 방울을 달아서 내보내지?"

"윌슨은 안 돼요. 셀처와 캐틀린은 몰라도……."

바이가 답했다.

"방울을 달아 내보낸다고요?"

마야가 물었다.

"매일 밤, 말 두 마리를 내보내서 야영장 주위의 풀을 뜯게 하지. 앞다리를 서로 느슨하게 묶어서 보폭을 작게 만들어. 그래도 여전히 돌아다닐 수는 있지. 하지만 멀리는 못 가. 방울은 말들이 어디에 있는지 그 위치를 알려줘. 솔직히 말하면 내가 그 방울 소리를 좋아해서 매다는 거야. 밤에 그 딸랑거리는 소리를 들으면 마음이 편안해지거든."

"근데 왜 윌슨은 안 된다고 해? 그리고 왜 걔는 무리에서 떨어져 있는 거야?"

피그가 물었다.

"데려올 때마다 며칠씩 다른 말들과 놀게 했어요. 근데 말 한 마리를 밖으로 데리고 나갔더니 윌슨도 밖으로 뛰쳐나가는 거예요. 어제는 1마일이나 도망간 걸 잡아왔어요. 새로운 환경에 적응할 때까지 혼자 두려고요. 발을 묶어두더라도 아침쯤엔 어디 있는지 모를 겁니다. 울타리 문도 잘 닫아야 해요. 그렇지 않으면 아마 윌슨은 캘리포니아에 가 있을걸요."

페이톤은 검정색 케이스와 노래 책을 가지고 돌아왔다. 바이는 케이스를 열고 번쩍거리는 기타를 꺼냈다. 바이가 순식간에 달라 보였다. 줄을 튕겨 음을 맞추더니 눈을 살며시 감았다. 허밍과 함께 줄을 튕겼다. 목소리를 가다듬곤 책장을 넘겼다. 곡을 고르기 위해서였다.

"여기 마야를 위한 노래가 있네. 이건 엘리가 좋아하는 거였는데……."

바이의 목소리는 낭랑하고 매끄러웠다. 그녀는 노래를 천천히 부르기 시작했다. 슬프게 들렸다.

골짜기 아래, 저 아래로
고개를 들고 바람 부는 소릴 들어라
바람 부는 소릴 들어라, 바람 부는 소릴 들어라
고개를 들고 바람 부는 소릴 들어라

장미는 햇살을, 오랑캐꽃은 이슬을 사랑하고
하늘의 천사는 알지, 내가 널 사랑한다는 걸
내가 널 사랑한다는 걸, 내가 널 사랑한다는 걸
하늘의 천사는 알지, 내가 널 사랑한다는 걸

마야는 무스가 훌쩍대는 소리를 들었다. 그가 손수건을 꺼내는 걸 슬쩍 훔쳐보았다. 어떤 느낌인지 알 수 있었다. 바이의 노래를 듣는 동안 마야는 엄마에 대한 그리움이 터져 나오지 않도록 입술을 깨물었다.

바이는 책장을 넘겨 다른 노래를 시작했다. 잃어버린 사랑과 죽음과 쓸쓸한 길에 관한 노래였으며, 그 내용에 걸맞게 노래는 나지막이 불려졌다. 그녀의 노래는 타들어가는 붉은 장작과 고요하고도 거대한 어두운 하늘과 잘 어울렸다. 페이톤마저 그녀의 노래가 끝날 때까지 얌전히 있었다.

"바이 할머니, 매일 밤 불러주실 거죠?"

"노력해볼게, 페이톤."

바이는 마야를 보며 말했다.

"저녁마다 기타 줄은 만지작거렸지만 노래는 부를 수가 없었어. 마음이 무거워서……. 네 엄마가 떠난 이후 몇 년간."

바이는 서둘러 기타를 치웠다.

피그가 일어나 기지개를 켜니, 골리도 따라했다.

"무스와 난 일찍 떠날 거야, 마야. 그러니까…… 몇 주 후에 다시 보자꾸나. 너의 명마, 셸처랑 즐겁게 보내. 그리고 페이톤, 나 오늘 혼자 자기 무서우니까, 나와 함께 자자."

페이톤은 웃으며 고개를 끄덕였다.

"다들 잘 자고……. 이리와, 골리."

피그는 개를 데리고 강 쪽으로 향했다.

"바이, 말은 내가 돌볼게."

잿불을 쑤석거리던 무스가 축사로 가는 길에 마야의 머리를 쓰다듬으며 말했다.

"이렇게 네가 우리랑 스위트워터 강에 올 줄은 생각도 못했다. 난 곧 돌아올 거야. 잘 자거라, 작은 새 마야. 그렇게 불리는 게 싫진 않지?"

마야는 고개를 세게 끄덕였다.

"그래, 그럼 됐다. 난 자러 간다."

무스는 곧 어둠 속으로 사라졌다.

바이는 숙소를 손가락으로 가리켰다. 무스와 피그 그리고 페이톤의 티피는 강과 가까운 곳에 있었으며, 바이의 티피는 모닥불 너머 공터에, 그리고 마야의 것은 그보다 훨씬 더 멀리 떨어져 있었다.

"필요한 게 있으면 소릴 질러. 내가 갈 테니까. 아침에 일어나 내가 안 보이면 각자 아침 식사는 알아서 먹도록. 오트밀은 석쇠 위에 있을 거야. 그리고 나를 보려면 축사로 오면 돼……. 마야, 무스 할아버지 말씀이 맞아. 우린 진정 네가 보고 싶었어. 함께하게 돼서 정말 기쁘다."

바이가 말했다.

페이톤이 의자에서 펄쩍 뛰더니 주변의 의자들을 넘어뜨렸다. 페이톤은 의자를 얼른 다시 일으켜놓곤 달아나며 소리를 질렀다.

"안녕히 주무세요, 바이 할머니!"

"잘 자, 페이톤."

바이는 큰 소리로 답했다. 하지만 곧 소리를 낮춰 마야에게 소근거렸다.

"쟤는 더 넓은 곳에서 야생마랑 함께 놀면서 힘을 좀 빼야 해. 너도 눈치챘겠지만 개구쟁이 중의 개구쟁이야."

바이는 마야에게 손전등을 건네주며 말을 맺었다.

"푹 자거라."

"네, 고맙습니다."

마야는 티피로 향했다. 불빛을 따라 조심조심 걸어갔다. 아무 일 없을 거야, 하고 스스로 위안했지만 할머니께서 들려주신 '한밤에 사라지는 아이들 이야기'가 자꾸만 떠올랐다. 자신의 그림자가 흔들리고, 버드나무 가지들이 머리와 어깨를 툭툭 쳤다. 마침내 으르렁거리는 소리가 숲에서 들려왔다. 마야는 그 자리에 바짝 얼어붙었다. 숨을 헐떡거리며 손전등을 비춰봤지만, 아무것도 없었다. 이번엔 '쿵' 하는 소리가 바로 뒤에서 들렸다. 마야가 급히 몸을 돌려 손전등을 비추니, 씩 웃고 있는 페이톤의 얼굴이 보였다.

"놀랐니?"

마야는 이를 갈며 곧장 티피로 뛰어갔다. 페이톤은 바이의 목소리를 흉내 내며 따라왔다.

"모두가 네가 왔다고 좋아들 하지. 마야, 이거는 어떻고, 저거는 어떻고……. 하지만 마야, 너도 그렇겠지만, 난 네가 온 게 히히, 너무나…… 기분 나빠."

마야는 티피 안으로 들어가, 덮개 리본들을 죄다 걸었다. 부츠만 벗고 옷을 입은 채 침낭으로 들어갔다. 그리고 손전등을 껐다.

다리 위로 뭔가가 꿈틀거렸다. 몸을 움찔거려 떼어내려 했는데 그것은 이리저리 기어 다니는 것 같았다. 차라리 벌떡 일어나려 했지만 침낭은 마야를 미라처럼 꼼짝도 못하게 했다. 텐트 바닥에 누워 버둥대는 동안 차가운 그 무엇이 마야의 손을 가로질러 갔다. 마야는 비명을 질렀다.

"아……악! 바이 할머니!"

리본을 풀고 텐트 안으로 들어온 바이는 티피 구석의 작은 생쥐를 손전등으로 비추고 있는 마야를 봤다.

"마야……. 그건 단지 생쥐일 뿐이야. 설마 그 작은 동물이 널 해칠 거라고 생각한 건 아니겠지?"

바이는 '쉬이쉬이' 하며 생쥐를 몰아냈다.

"페이톤이 못된 장난을 한 것 같구나. 걱정하지 마. 다신 안 들어올 테니."

"정말……이에요?"

"리본 밑에 지퍼가 달려 있어. 꽉 잠그면 물방울조차 못 들어와."

바로 그때 밖에서 뭔가가 티피를 타고 오르는 소리가 들렸다. 바이는 손을 뻗어 소리 나는 부분을 탁 쳤다. '찍' 하는 소리와 함께 '툭' 하고 떨어지는 소리가 들렸다. 마야는 긴 한숨을 내쉬었다.

"페이톤과 얘기해볼게, 됐지?"

마야는 바이가 나간 뒤, 곧바로 티피 입구의 지퍼를 올렸다. 티피 구석의 틈새와 침낭 안도 살펴보았다. 그리고 다시 번데기 같은 퀼트 침낭 안으로 들어갔다. 페이톤의 목에 방울을 달고 두 손을 묶어놓을 수 있다면 얼마나 좋을까, 생각했다.

승마 수업

마야는 흙으로 된 오솔길을 따라 언덕을 올랐다. 리뮤다와 함께 들판이 나타났다.

마야는 멈춰 섰다. 풀은 아침 이슬로 반짝였다. 젖은 풀잎의 향내가 공기 중에 스며 있었다. 울타리로 가까이 다가가자, 말 몇 마리가 고개를 들고 히힝거렸다.

마야는 목 언저리에 묶여 있는 손수건을 가지런히 하곤, 조끼 주머니에 손을 살짝 넣으며 속삭였다.

"난 말을 타는 거야. 장난감 말이 아닌 진짜 말을."

걱정과 흥분이 마야의 머리와 가슴에서 솟구쳤다. 책 속에서 읽은 느낌 그대로일까? 말 타는 기분……

축사 앞의 파란색 플라스틱 통이 무엇인지 궁금해 뚜껑을 열자, 곧바로 말 두 마리가 가로대 가까이 다가왔다. 통 안에는 오트밀과 당밀 쿠키가 들어 있었다. 손을 오목하게 해서 조금 퍼 올렸다. 그리곤 손바닥을 오므려 가로대 사이로 밀어 넣었다.

"마야!"

바이였다. 그녀는 마야에게로 서둘러 뛰어왔다.

"말에게 손을 내밀 때는, 그러니까…… 먹이가 손에 있을 땐 손을 똑바로 펴야 해. 오므리면 작게 보이잖아. 그러면 말이 먹이인 줄 알고 손을 씹을 수도 있단 말이야."

마야는 침을 꼴깍 삼키며 다시 말에게 다가가 손을 평평하게 폈다. 말은 솜씨 좋게 손바닥의 먹이를 조금씩 씹어 먹었다. 거대한 입술이 아기의 볼처럼 부드러웠다.

"좋아, 시작하자. 날 따라와."

"페이톤은 어디 있어요?"

"어젯밤 그 못된 장난에 대한 벌로 네가 수업받는 동안 야영장에서 머물라고 했어. 네가 배우는 동안 흠잡는 사람은 한 명이면 족하기도 하고. 자, 우선 말 위로 몰래 올라탄다거나, 바로 뒤 혹은 바로 앞으로 다가가면 안 돼. 반드시 옆으로 접근해야 해. 말 왼편으로 말이야. 항상 네가 가까이 간다는 걸 말에게 알려줘야 해."

마야는 말똥을 밟을세라, 조심조심 바이를 따라다녔다.

"안녕, 셀처. 내가 왔다."

바이는 능숙하게 말의 입에 조마삭 굴레*를 씌우고 버클로 죄었다.

"말을 끌 때는 굴레의 클립에서 5센티미터 정도 늘어지게 끈을 잡고 말 옆에 서서, 여왕처럼 걸으면 돼. 말 바로 앞에 서서 끌려고 해선 안 돼. 말이 놀라서 너를 덮치며 앞으로 달려 나갈 테니까. 여기, 조마삭 줄을 잡고 마구 벤치까지 가 봐."

마야는 자신이 무엇을 하고 싶은지 잘 알고 있었다. 그렇다면 왜 망설이겠는가? 마야는 '줄을 잡아'라고 속으로 말했다. 하지만 머뭇거렸다. 다음 날, 혹은 그 다음다음 날에 하겠다고 바이에게 말하는 편이 나을 것 같았다. 마야의 눈은 바이의 손에서 말의 얼굴까지 훑어갔다. 마야는 말의 속눈썹 길이와 강렬한 눈빛에 놀랐다. 말은 자신을 꿰뚫어 보며, 자신이 무슨 생각을 하는지 알고 있다는 듯 보였다. 말에겐 최면을 거는 뭔가가 있었다. 줄을 향해 뻗은 손이 자신의 것인지, 축사를 빠져나와 마구 벤치로 셀처를 끌고 가는 소녀가 정말 자신인지, 아니면 모든 게 꿈인지, 마치 마법에 걸린 듯 했다.

"말의 어깻죽지에서 수직으로 땅바닥에 그릴 수 있는 가상의 원이 있어. 그 안쪽이 바로 말에게 차이지 않는 안전지대지. 그 지점에서는 좌우 양쪽으로 거의 모든 동작을 취할 수 있어. 자, 이제 안장을 얹어볼까?"

바이는 마야에게 말빗을 건네주었다. 마야는 말빗으로 바이가 했던 작게 원을 그리는 동작과 '댄디 브러쉬'**로 말을 길게 쓸어내리는 동작을 따라했다. 마야와 바이는 말의 갈기와 꼬리를 번갈아가며 빗겨주었다.

"내가 말의 등성마루와 등에다가 '언치'***를 어떻게 까는지 봐. 이렇게 깐 뒤, 안장을 들어 가볍게 내려놓는 거야. 그러곤 복대를 내리고 돌려, 이렇게……. 그리고 복대 끈을 장비 고리에 꿰고 살짝 당겨 조여주는 거야. 다음엔 굴레 차례인데, 처음 몇 번은 굴레를 씌울 거야. 내가 밧줄로 널 보호할 수 있게 말이야."

바이는 말 머리 위로 굴레를 올리고선 입 주위를 간질여주었다. 말이 입을 여는 순간을 기다려 재갈을 깊숙이 물렸다. 그런 뒤, 굴레가 귀에까지 내려오도록 맞췄다.

"마야, 오늘 하는 모든 것을 기억할 필요는 없어. 지금 내가

---

* 말을 훈련시키기 위한 줄.
** 먼지나 흙을 털어내기 위해 사용되는 긴 빗.
*** 안장 밑에 까는 방석이나 담요.

하고 있는 주의나 지시 사항들은 앞으로 수천 번도 더 듣게 될 거야. 익숙해져서 네 스스로 할 수 있을 때까지 말이야, 알겠니?"

바이는 말발굽파개로 편자에 깊숙이 박힌 흙을 빼내며 말했다.

마야는 고개를 끄덕였다. 손을 뻗어 셀처의 목 부분의 매끈한 털을 몸통 쪽으로 쓸어주었다. 말과 가까이 서 있으니 왠지 모르게 강렬한 힘과 침착함이 동시에 느껴졌다. 서로 어떤 식으로든 연결되어 아주 오래 묵은 언어로 소통하고 있는 느낌이었다. 엄마가 말들을 사랑한 건 어쩜 당연한 일일지도 모른다.

바이는 마야가 안장에 앉는 걸 도와주고, 등자를 조정해주었다. 조마삭 줄을 연결한 채, 마야는 바이를 중심으로 큰 원을 그리며 '평보'로 말을 몰았다. 그리고 그 반대 방향으로도 해보았다. 마야는 실룩실룩, 셀처의 어깨 흔들림을 걸음마다 느꼈다.

"느린 '속보'를 해보자. 끌끌, 혀를 차면서 다리로 옆구리를 압박해봐."

"너무 빨리 달리진 않겠죠? 빨리 가면 편두통이 생기거든요."

"걱정 마, 내가 조마삭 줄을 쥐고 있을 테니까. 너무 빨리 가거나 달아나지 않게 말이야."

마야가 혀를 차자, 셀처는 속도를 내기 시작했다. 말은 스타카토로 또각또각 걸었다. 바이의 말이 맞았다. 말은 빨리 가지 않았다. 마침내 마야에게 평정심이 찾아들었고 자신감까지 밀려왔다. 한 시간 넘게 충실히 바이의 지시를 따랐다. '가고자 하는 방향을 주시하라, 허리를 펴고 앉아라, 발꿈치를 내려라, 말을 멈추게 할 때는 '워' 소리를 내라' 등.

마구를 풀고 셀처를 축사 안으로 돌려보낸 뒤, 마야는 다시 말을 타고 싶은 마음에 바이에게 물었다.

"언제 또 탈 수 있나요?"

"내일 아침, 아니 매일. 자, 캠프로 가서 페이톤을 보거든 여기로 보내줘. 잠시 그 애와 할 일이 있어. 그 앤 말을 타면 달라지지. 승마가 진정제나 다름없어, 그 애에겐. 난, 그 애 마음속에 차분함이 깃들었으면 해. 그리고 네 할 일을 잊어선 안 돼. 방수천 밑에 있는 장작 열 개 정도를 캠프파이어 옆에다 날라놓고, 주방과 티피를 청소해야 한다."

마야는 말 위에서는 자신도 달라진다는 걸 느꼈다. 차분해지는 것이 아니라, 행복해서 날아갈 듯한 느낌이었다.

페이톤을 불렀다. 대답이 없었다. 나무를 나르고 나서 다시 캠프장을 둘러보았다. 어디에 있을까? 빗자루를 들고 티피로 갔다. 덮개를 열어보니 장난감 말이 든 상자의 뚜껑이 열려 있었다. 엄마의 사진이 바닥에 떨어져 있었으며, 장난감 말들은 사라지고 없었다. 마야는 페이톤의 티피로 향했다.

티피 뒤로 강과 두어 걸음 떨어진 평평한 바위 위에 앉아 있는 그 말썽꾸러기를 찾아냈다. 장난감 말들이 옆에 놓여 있었으며, 페이톤은 그중 팔로미노 종을 손으로 돌리고 있었다.

"말을 타보니 어때? 조마삭 끈을 떼고 타진 못했지?"

"그 말들, 네 것이 아니잖아. 돌, 돌려줘."

분노로 마야의 목소리가 떨렸다.

"백갈색 페인트 호스 종은…… 어디에…… 있어?"

페이톤은 고개를 돌려 이리저리 찾아보더니, 그것을 집어 들곤 말했다.

"이것 말이야?"

마야는 다가갔다.

"돌려……달란 말이야!"

페이톤은 벌떡 일어나 팔을 뒤로 젖히고는 백갈색 장난감 말을 버드나무 숲에다 던져버렸다.

"안 돼!"

마야는 장난감 말이 떨어진 곳으로 달려갔다. 수풀을 헤치고 들어가, 부근 바닥을 뒤졌다. 마른 잎들을 쓸어내고 손에 집히는 건 모두 집어 올려봤지만, 나뭇가지나 돌멩이들뿐이었다. 눈물을 글썽거리며 미친 듯, 쉬지 않고 휘저었다.

"잃어버리면 안 되는데……. 내게 남겨진 것이라곤 그것뿐인데……."

버드나무 가지가 마야의 얼굴을 찔렀다. 수풀 밑에서 나와, 끝없는 울타리를 쳐다보았다.

죽을 때까지 못 찾을 것 같았다. 눈물이 먼지를 뒤집어쓴 볼 위로 흘러내려, 두 개의 줄이 생겼다.

페이톤이 마야 뒤로 다가왔다.

"그딴 것들이 뭐가 대단하다고……?"

마야는 주먹을 쥐락펴락하며 페이톤에게 대들었다.

"야, 그건……! 그건 나의……."

페이톤은 비아냥거렸다.

"그렇게 슬퍼? 여기가 싫으면 바이 할머니께 분명히 말해. 오늘 아침 바이 할머니와 무스 할아버지가 말하는 걸 엿들었는데, 만약 네가 힘들다고 생각하면 다시 목장으로 데려간대. 좋지 않아? 여길 떠날 수 있으니까. 바이 할머니께 그냥 여기가 싫다고 말하기만 하면 돼. 그러면 모든 게 끝나지. 제대로 돌아가게 되고. 예전처럼 말이야. 나와 우리 피그 할아버지,

무스 할아버지, 바이 할머니 이렇게……."

페이톤은 돌아서서 달아나듯 뛰었다. 마야는 바위에 남은 장난감 말들을 손수건에 싼 뒤, 캠프장으로 발걸음을 옮겼다. 또다시 눈물이 쏟아졌다. 마야는 작은 소리로 흐느끼며 말했다.

"싫은 건 여기가 아니라, 바로 너란 말이야."

"너, 오늘 저녁 정말 조용하구나. 오후 내내 나오지도 않고, 저녁 식사도 거의 않고."

바이의 말에 페이톤이 의자를 당겨 몸을 내밀며 가식적인 말투로 거들었다.

"그러네요, 할머니. 근데 마야, 정말 너 괜찮니?"

마야는 손으로 재킷을 잡아당기며, 몸을 움츠렸다. 바이에게 모든 걸 털어놓으면 페이톤이 좋아할 것이다. 하지만 페이톤의 뜻대로 되게 할 수는 없었다.

"그냥 좀 피곤해서요."

"그래 피곤할 만도 하지. 다른 사람들 10년 겪을 변화를 단 일주일 만에 겪었으니. 무엇보다 말을 처음 타서 그럴 거야. 일찍 자거라. 참, 페이톤, 말들을 확인했니?"

"네. 케틀린하고 오듀본에게 방울을 달아주고 다리를 묶었어요."

"윌슨의 문에 빗장을 걸었어?"

"네."

마야는 저 너머의 축사를 바라봤다.

"마야, 불을 쑤석여서 꺼주겠니? 그리고 페이톤, 부엌 텐트에 물걸레질 하는 것 좀 도와줘. 그리고 자도록 하자."

바이와 페이톤이 나간 뒤에도 마야는 이따금 불꽃이 이는 깜부기불을 한참 동안 쑤시고 있었다. 페이톤에 관한 모든 것에 분노가 치밀었다. 그의 부모, 형제들, 어릴 때부터 말을 탈 수 있었던 것, 심지어 바이 할머니, 피그 할아버지, 무스 할아버지와 매년 여름을 보낸다는 사실까지, 죄다. 마야는 이를 갈며 머리를 마구 흔들었다.

깜부기불이 잠잠해지자 부지깽이를 내려놓고 손전등을 들고 라트린으로 향했다. 오솔길을 내려가다 좋은 생각이 떠올랐다. 라트린 뒤로 가서 손전등을 껐다.

페이톤이 얼마나 부주의한지 바이 할머니가 알게 된다면 아마도 목장으로 보내버릴지도 모른다. 마야는 앞으로 일어나게 될 고소한 사건들을 떠올리며 미소를 지었다.

구보를 해내라!

코요테의 울음소리에도, 말들의 방울 소리에도, 거센 바람에 펄럭대는 티피의 천막 소리에도 마야는 곤한 잠을 이어갔지만 윙, 모터 돌아가는 소리에 잠이 깼다.

옷을 입으면서 허벅지에 통증이 느껴졌다. 하지만 바이에게는 말하지 않기로 했다. 괜히 말했다가 승마 수업을 받지 못할 듯해서다.

마야는 아침 식사를 하기 위해 캠프 쪽으로 천천히 걸어갔다. 바이는 잔 속의 커피를 뚫어지게 보고 있었다. 언덕 위에는 낯선 트럭 한 대가 말이 든 트레일러를 끌고선 울타리 밖으로 나오고 있었다.

"누구예요?"

마야가 물었다.

바이는 긴 한숨을 내쉬며 말했다.

"수의사야. 어젯밤에 윌슨이 도망을 갔어. 돌아다니다가 오소리 굴에 빠졌나 봐. 절뚝거리며 여기까지 와서는 쓰러졌어. 아침 일찍 차를 몰아 이웃 목장으로 가서 수의사에게 전화를 했지. 다친 다리가 회복될 때까지 수의사의 목장으로 데려가는 거야. 말하자면 입원시키는 셈이지……."

바이는 힐끔 마야를 미심쩍은 눈으로 쳐다보며 말을 이어나갔다.

"페이톤이 저 말을 끔찍이 좋아하지. 내가 1년 내내 돌보는 것보다 페이톤이 한 달 돌보는 게 더 나을걸."

마야는 입술 안쪽을 꽉 깨물었다.

잠시 뒤, 페이톤이 고개를 푹 숙인 채 캠프로 왔다. 얼굴이 온통 붉게 물들어 있었다. 의자 위에 털썩 앉더니 바이를 보며 말했다.

"할머니 죄송해요. 하지만 맹세코 빗장을 질렀어요. 정말이에요."

"그딴 걸 맹세할 필요는 없다. 신경을 제대로 안 쓴 것뿐이니까."

"아니에요! 두 번이나 확인했다고요. 정말이에요."

페이톤은 믿어달라고 애원을 했다.

마야는 의자에 앉아 부츠로 땅바닥의 흙을 휘저으며 눈을 아래로 깔고 있었다. 고갤 들어보니 바이가 의심스런 표정으로 자신을 주시하고 있다는 걸 알 수 있었다. 얼른 시선을 피한 뒤, 모닥불을 쬐려고 손을 뻗으며 일어났다. 그 후 바이는 페이톤과 말을 하고 있었지만 눈길은 마야 쪽으로 두고 있었다.

"정말 실망스럽구나, 페이톤. 그렇게 소홀할 수가……. 불쌍한 윌슨, 고통스럽게 구해달라고 나를 쳐다보며 신음하는데……. 가슴이 찢어질 것만 같았어. 너도 알잖아, 말이 가장 두려워하는 게 뭔지. 다리를 다치는 것이지. 일어나 달릴 수 없다는 건 바로 맹수의 밥이 되는 것을 의미하지. 저 불쌍한 동물이 당한 일을 한번 상상해봐……."

페이톤은 머리를 손으로 감싸며 흐느꼈다. 그때 마야의 얼굴은 후회로 일그러지고 있었다.

"할머니, 제가…… 아마도……."

마야의 말이 채 끝나기 전에 페이톤이 머리를 들어 마야를 쳐다보며 말했다.

"잠깐만……. 야, 너지! 나에게 앙갚음하려고 그런 거지! 그 웃기는 플라스틱 장난감 말 때문에!"

"웃기는 플라스틱 말이라고? 야! 그건 우리 엄마가 나한테 준 거란 말이야!"

바이는 고개를 끄덕이며 긴 한숨을 내뱉었다.

"마야, 말을 위험에 빠뜨리는 사람은 림너 가족에는 없단다."

마야는 절망감으로 횡설수설하기 시작했다.

"그……게 아니라, 그냥 말들에게 잘 자라고 인사를 하러 갔다가……. 윌슨이 그냥 제게 왔어요. 그리고…… 배가 고파 그러나 싶어 당밀을 줬는데, 할머니께서 가르쳐주신 대로요……. 제 생각엔…… 문에 기대다가 빗장이 옷에 걸렸거나……. 아니면 뭔가가……."

"거짓말쟁이!"

페이톤은 일어나 주먹을 불끈 쥐었다.

"그만해. 네가 이런 일을 저지를 만큼 페이톤이 너에게 무슨 일을 한 거겠지……."

마야는 순간 정신이 흐릿해졌다. 바이 할머니는 이해하지 못할 것이다. 아니, 아무도 이해하지 못할 것이다.

"아무 짓도 안 했어요. 페이톤이, 나에게 아무 짓도……. 절대로 아무 짓도 안 했어요."

"페이톤, 그게 사실이니? 마야를 화나게 한 일이 없다는 거지?"

페이톤은 털썩 앉더니 고개를 숙였다. 바이는 둘을 유심히 살피고는 괴로운 듯 머리를 흔들었다.

"너희 둘, 서로를 존중하는 마음이 없구나."

"할머니, 원하신다면 저를 티피 안에 가둬두셔도 돼요. 저는 오히려 혼자 있는 게 편해요. 어떤 남자애하고도 적응이 안 돼요. 밉살스럽게 놀려대고······. 못된 짓을 하는 게 이해가 안 돼요. 우리 둘을 떼어두는 것도, 페이톤을 멀리 보내는 것도 모두 필요하다면 저는 괜찮아요. 저의 경솔한 행동에 대해선 정말 죄송해요. 하지만 그건 절대적으로······ 사고였어요. 용서해주시길 바랍니다."

바이는 남은 커피를 모닥불에 붓고는 주위를 서성거리다가 마침내 마야를 노려보며 말했다.

"너를 믿고 싶지만, 믿을 수가 없네. 당분간 둘 다 용서할 수가 없어. 아무도, 그리고 어디에도 보내지 않을 거야. 지금부터는 무엇이든 함께하게 될 거다. 서로 마주 보고 식사하고, 어떤 일이든 같이하게 만들 거다. 페이톤, 너는 마야의 조수가 되고, 마야, 너는 페이톤의 조수가 된다. 만약 둘 중 하나라도 협력하지 않거나 서로 간에 불손한 말이 오간다면, 둘 다 말들의 똥오줌 치우는 일만 하게 될 거다."

마야는 고개를 끄덕이며 답했다.

"걱정 마세요, 할머니. 다시는 페이톤에게 말도 걸지 않을 테니까요."

"저도요."

질세라 페이톤이 덧붙였다.

"다들 마음대로 해라. 하지만 그 대신 가시 같은 내 목소리를 지겹게 들을 테니까."

페이톤과 마야는 당근, 감자 등의 껍질을 까고, 설거지를 하고, 공터를 갈퀴로 쓸어내고, 굴레와 안장을 비누로 씻고, 텐트 안을 청소하고, 나란히 양동이로 강물을 길어 왔다.

6일째가 되는 오후에도 둘 사이에는 한마디의 말도 오가지 않았다. 둘의 고집은 영영 깨지지 않을 듯했다.

마야는 페이톤을 도와 모닥불 근처에 장작을 쌓고 있을 때 바이가 자신들을 지켜보고 있는 것을 눈치챘다. 마야는 턱을 치켜들고 장작더미로 걸어갔다. 페이톤은 땅을 보며 마야의 곁에서 걸었다. 축사에서 페이톤은 마야를 쳐다보지도 않고 셸처의 고삐를 건네기만 했다. 마야가 가죽 끈을 낚아채듯 잡고 돌아설 때, 바이의 매서운 눈초리가 느껴졌다. 바이는 눈을 가늘게 뜬 채 머리를 끄덕였다. 뭔가를 결심한 듯, 일자 모양의 입으로 말했다.

"자, 슬슬 시작해볼까."

마야는 셀처와 함께 평보, 느린 속보, 후진, 옆으로 걷기, 에스(S)형 걷기를 했다. 바이가 하라는 대로 연속 동작을 몇 번이고 되풀이했다. 긴 수업이 끝나고 바이는 축사로 향했다. 마야는 말에서 내려와 뚝뚝 떨어지는 땀을 손수건으로 훔쳤다. 그때 갑자기 바이가 홱 돌아서서, 마야를 보며 말했다.

"두 시간 동안 말을 탔지만 아직 끝난 게 아니야. 올라타. '구보'를 할 거야."

"이제 지쳤어요. 더구나 한 번도 구보를 해본 적이 없는데……."

"우리 가족들은 유치원에 가기도 전에 구보를 배워. 너도 그렇게 해야겠다는 생각이 들지 않니? 자, 다시 올라타. 가족 중에 구보도 못 하는 유일한 사람이 되기 싫으면 말이야."

'왜 할머니께서는 심술을 부리시는 걸까?'

마야는 다시 안장 위에 올랐다.

"너무 빨리 가고 싶지는 않아요."

"왜 조금만 빨리 가도 겁을 먹니? 뭐가 두려운 거야?"

'할머니께 무슨 일이 있나? 왜 나를 몰아세우는 거지? 승마

수업을 받는 동안 단 한 번도 칭찬받은 적이 없는 것 같은데…….'

"사실, 전 멀미를 한다고요……, 빨리 가면."

바이는 마야의 엉덩이에다 손을 가져갔다.

"느린 속보로 가다가 '수축 자세'*를 취해. 말의 오른쪽 옆구리에 다리를 붙이고, 힘을 줘. 평소보다 약간 몸을 뒤로 젖혀서 '쪽' 하고 키스 소리를 내는 거야."

마야는 시큰둥하게 바이의 지시를 따랐다. 그런데 갑자기 셀처가 두 발로 일어나 몸이 뒤로 젖혀졌다. 회전목마처럼 셀처는 위아래로 요동치며, 점점 빨리 달렸다.

바이가 고함을 질렀다.

"안장머리에서 손을 떼! 그리고 중심을 잡아! 뒤꿈치를 내리고 허리를 유연하게! 팔이 사방으로 하느작거리고 있잖아! 가고자 하는 곳을 봐! 땅을 보지 말고! 그렇게 엉덩이를 찍으면 안 돼……! 아, 이런. '워'라고 외쳐!"

"워, 워!"

셀처가 급하게 멈추는 바람에 하마터면 앞으로 구를 뻔했다.

"엉망이었어. 다시 해봐."

---

* 고삐를 당겨 말의 목을 둥그렇게 숙이게 만드는 자세.

놀란 마야는 울음을 터뜨렸다.

"내릴래요."

"다시!"

바이는 강한 어조로 마야의 말문을 막아버렸다.

마야는 할 수 없이 다시 시작했다. 속보로 가다가 구보로 가라는 신호를 주었다. 하지만 다리를 떼는 걸 깜빡하고는 힘만 주었다. 셀처가 원으로 돌기 시작했다.

"마야! 뭐하는 거야? 신호를 준 뒤엔 다리를 떼야지. 다시 시작해!"

"셀처가 똑바로 하지 않아요!"

마야가 투덜거렸다.

바이는 큰 소리로 꾸짖었다.

"네가 똑바로 하지 않는 거야!"

마야는 '쯧' 하고 혀 차는 소리를 냈다. 속보로 진행했으며, 아래를 내려다보며 직진했다. 그런데 갑자기 솜꼬리토끼가 산쑥 덤불에서 뛰쳐나와 앞을 가로질러 갔다. 흰 꼬리가 위아래로 움직였다. 그것을 본 셀처는 갑자기 앞다리를 들더니 그대로 서버렸다. 마야의 몸이 공중으로 치솟고, 부츠가 등자에서 빠져버렸다. 마야는 마침내 '쿵' 하고 땅에 떨어졌다. 마야 위로 셀처가 따라 넘어질 듯했다. 그렇다면 마야는 죽을 수도 있다. 마침내 멀어져가는 말발굽 소리가 들려왔다. 페이톤이 울타리 밖에서 뛰어들었다.

"괜찮니?"

마야의 눈에 끝이 둥그스름한 페이톤의 밤색 부츠가 들어왔다. 페이톤은 마야의 팔을 잡았다. 마야는 몸을 돌려 부들부들 떨며 일어났다. 그때 바이가 다가오며 말했다.

"일어나, 페이톤. 뛰어가서 말을 데리고 와야지. 그리고 마야, 너와 셀처는 아직 할 일이 남아 있어."

"바이 할머니, 마야가 다쳤을지도 몰라요."

페이톤이 말했다.

"가서 얼른 말이나 데리고 와, 넌."

마침내 마야의 눈에서 걷잡을 수 없을 만큼의 눈물이 흐르기 시작했다.

"못 해요. 셀처가 날 떨어뜨렸는데……."

"셀처가 아니야. 떨어진 건 너지. 말의 입장에서 생각해봐. 말은 초식동물이야. 그들의 목적은 풀을 뜯는 거지. 그리고 무리를 지어서 살면서 온갖 위험으로부터 자신을 보호하려고 해. 셀처는 지금 토끼를 육식동물로 판단했어. 너에겐 토끼가 한낱 작고 귀여운 동물일 뿐이지만, 말에게는 때에 따라 한 마리 퓨마로 보일 수도 있어. 대부분의 말들은 기수가 예기치 못하는 행동을 취하게 돼. 비록 셸처가 놀라 몸을 일으켰어도, 네가 아래를 보지 않고 멀리 바라봤더라면, 그리고 균형을 잡고 안장 중심에 앉았더라면, 넌 결코 말에서 떨어지지 않았을 거야."

페이톤이 셸처를 데리고 와서는 마야에게 말고삐를 내밀었다. 바이는 팔짱을 끼고 마야 가까이 서 있었다.

등줄기 아래로 땀이 흘러내리고 팔과 두 뺨이 흙먼지로 범벅이 되었다. 마야의 목소리에는 바이를 향한 분노와 좌절감이 묻어 있었다.

"이해 못 하시겠어요? 말했잖아요. 제가 멀미를 한다고······. 롤러코스터나 오토바이, 기차······ 아니 빨리 달리는 모든 것들은 멀미를 하게 만들어요. 완전 초주검 상태가 돼버려요."

"그런 것들을 정말 타봤어?"

바이는 마야의 말을 바로 되받아쳤다.

"네."

"그래? 할머니의 변호사가 무스 할아버지에게 말했다던데······. 네가 지난 6년 동안 거의 집 밖으로 나가지 못했다고. 감옥 생활이나 다름없었다고."

마야의 눈에서 또다시 눈물이 쏟아졌다.

"제가 뭘 했는지 정말 아시나요? 전 기회가 많았어요. 할머니께서는 항상 저를 놀이공원에 데려다 주셨어요. 적어도 한 달에 한 번은요. 이웃집 아저씨의 오토바이 뒤에도 타게 해주셨어요. 그리고 휴가철, 그래요. '산 후안 카피스트라노'에 갈 때였어요. 기차도 탔었어요. 하지만 멀미를 했기 때문에 그런 것들은 딱 한 번씩밖에는 안 타봤어요. 빨리 달리는 건 죄다……. 그리고 무엇보다 끔찍한 기억, 우리 부모님에게 일어난 그 비극을 떠올리게 한다고요. 상대방 차가 지나치게 속도를 내서 일어난 일이잖아요!"

바이는 고개를 절레절레 흔들었다.

"넌 거짓말쟁이야. 계속해서 말을 지어내고 있어. 상대방 차는 없었어. 네 부모님의 차는 폭풍우를 만나 빗길에 미끄러진 뒤, 산으로 뛰어들었지. 부모님의 죽음을 네가 못 하거나, 하기 두려운 것에 대한 변명으로 이용할 거야? 마야, 그러다가 너 정말 형편없는 거짓말쟁이가 되겠구나. 네 자신을 온통 거짓 속으로 내몰고 있잖아. 그러다가 넌, 경험도 없고 무능한 사람이 돼버릴 거야. 그리고 네 엄마와 아빠는 이미 돌아가셨어. 너는 그걸 부정하려들면 안 돼. 받아들여야만 해."

곧이어 근처 수풀에서 세이지 그라우즈* 한 마리가 깜짝 놀라 날아갈 정도로 바이는 큰 소리 질렀다.

"일어나서 다시 말 위로 올라타!"

마야는 미간을 찡그렸다.

"바이 할머니, 좀 심하지 않아요?"

페이톤이 말했다.

바이는 페이톤을 향해서도 소리를 질렀다.

"페이톤, 마야에게 심하게 한 게 누군데 그래? 마야가 구보를 할 수 있을 때까지 아무도 여기를 못 떠나. 그러니 너도 할 말 있으면 마야한테 하도록 해."

페이톤은 난처한 표정으로 물러났다.

"말에 올라타, 마야."

마야는 바이의 눈에서 자신을 향한 증오심마저 느꼈다. 그녀는 각오를 다지고, 또 다지고 있음에 틀림없었다.

마야는 마음속으로 바이가 한 말을 떠올렸다.

'림너 가족은 타고난 말잡이다. 다들 유치원에 가기도 전에 구보를 배운다. 안장에 앉지 않은 사람은 지금까지 아무도 없었다.'

마야는 일어나 고삐를 잡았다. 페이톤이 달려가 등자를 잡아주었다. 그리고 속삭였다.

---

* 북아메리카의 들꿩과 새.

"바이 할머니가 어떤 분인지 난 잘 알아. 네가 똑바로 할 때까지 우린 여기 있게 될 거야. 한밤중에도 말이야."

마야는 등자에 발을 넣곤 안장머리를 잡았다. 몸을 바로 세우자, 또 페이톤이 마야를 올려다보며 말을 보탰다.

"셀처가 너무 빨리 달린다 싶으면 고삐를 뒤로 당겨. 그리고 재갈이 입에 닿으면 바로 고삐를 놔. 그냥 당겼다가 놓으면 돼, 알았어?"

마야는 고개를 끄덕였다. 속보로 가다가, '쯧쯧' 신호를 넣었다. 구보가 훨씬 부드러워졌다. 마야는 일정한 속도를 유지했다.

"달려! 누가 뒤에서 쫓아오는 것처럼 말이야. 달리란 말이야!"

바이가 소리를 질렀다.

마야는 셀처의 귀 너머로 앞을 바라보았다. 양팔을 가만히 옆구리에다 붙이고 발꿈치를 내렸다. 몸의 중심이 잡힌 듯했다. 손가락으로 타자를 치는 것처럼 말발굽 소리가 들려왔다. 마야는 흙 트랙을 달려 마침내 반환점을 돌고 있었다. 볼에 스치는 바람이 상쾌했다. 다리에 힘을 가해 속력을 높였다. 말발굽 소리와 마야의 호흡이 하나가 되었다. 휙, 휙, 휙…….

이 순간만은 지난 어떤 일도, 앞으로의 어떤 일도 문제가 되지 않을 듯싶었다. 마야는 낯설지만 황홀한 행복감에 젖어 있었다. 달리고 또 달리고 싶었다.

말에서 내렸을 때는 숨이 가빴으며, 볼이 빨갛게 상기되어 있었다. 바이가 앞으로 달려오자, 마야는 그녀의 축하 인사를 기대하면서 미소를 지었다. 하지만 바이는 셀처의 고삐를 홱, 낚아챌 뿐이었다.

"페이톤! 마야! 반바지와 속셔츠로 갈아입고 강으로 와."

바이는 돌아서서 말을 몰고 축사로 가버렸다. 마야는 그녀의 등을 쳐다보며 힘없이 물었다.

"저…… 잘하지 않았어요?"

"응, 잘했어. 정말 잘했고말고."

대답은 페이톤이 해주었다.

"아마도 바이 할머니가 손으로 바위를 문질러 닦게 하시려나 봐. 전에 내가 말대꾸했다고 그렇게 시키셨거든."

솔직한 자백

바이는 한 손에 수건을, 다른 손에 샴푸 한 통을 들고선 마야와 페이톤에게 다가왔다.

그녀는 카우보이 부츠에, 수영복, 그리고 드레스처럼 긴 작업 셔츠를 걸치고 있었다.

"이쪽으로!"

바이는 마치 버스 꽁무니를 쫓는 사람처럼 서둘러 버드나무 쪽으로 향했다. 마야와 페이톤은 뒤쳐지지 않기 위해 힘겹게 뛰어갔다. 강둑을 따라가다 보니 깊숙한 풀밭이 나타났다. 풀들은 강물보다, 아이들 허리보다 높이 자라 있었다.

바이는 멈춰서 마야와 페이톤에게 수건 한 장씩을 던져주었다.

"이제 둘 다 때가 된 것 같구나."

바이는 강을 향해 고개를 끄덕였다.

"페이톤, 이제 마야가 캠프 세례식을 해야 할 것 같지 않니?"

"그럼요!"

"그리고 마야, 스위트워터 강의 부드러운 물보다 더 좋은 건 없……."

바이의 말이 끝나기도 전에 페이톤은 바닥에 털썩 앉아, 부츠와 양말을 벗곤 강둑에서 뛰어내렸다. '풍덩' 하고 큰 물소리가 났다. 마야는 어리둥절해서 바이만 쳐다보고 있었다.

'바위를 씻으려던 게 아니었나?'

"수영 할 줄 아니?"

바이가 셔츠와 부츠를 벗으며 물었다. 마야는 먼지와 때로 범벅이 된 자신의 팔뚝을 봤다. 목욕이란 걸 할 수 있을지 걱정스러웠다. 여기 온 이후로 지금까지 수건에 물을 적셔 대충 몸을 닦은 것 말고는 없었다.

"네, 할 수 있어요."

마야는 불안한 미소를 지으며 대답했다.

'하지만 이건 왠지…….'

어쨌든 마야는 땅에 주저앉아 부츠를 잡아당겨 벗곤, 묶었던 머리를 풀었다. 바이 역시 냉큼 달려가 강물로 뛰어들었다.

"얼른 와!"

페이톤이 소리쳤다.

"말에서 떨어지는 것보다는 훨씬 쉬워."

페이톤은 물속 깊이 잠수했다. 마야는 조심조심 강둑으로 걸어갔다.

"정말 할 수 있을까?"

마야는 중얼거리며 강둑에 섰다. 바람이 차가웠다. 온몸이 부들부들 떨렸다. 한 손으로 코를 잡고, 눈을 감은 채 강물로 뛰어들었다. 몸이 가라앉았다가 다시 솟아올랐다. 물이 너무나 차가워 비명을 질렀다. 페이톤이 웃었다. 마야도 따라 웃었다. 강물의 차가움에 놀란 만큼이나, 자신의 낄낄대는 웃음소리에 놀랐다. 바이가 싱긋 웃으며 샴푸를 던져주었다. 마야는 물속에서 걷다가, 마침내 헤엄을 쳐서 모래톱까지 갔다. 그곳에 앉아서 머리에다 샴푸를 짜서 발랐다. 거품이 일자, 쭉 펴서 머리는 물론이고 온몸에다 문질렀다. 몸에서 샴푸기가 완전히 사라질 때까지 몇 번이고 물속으로 들어갔다.

'난 지금 강에서 목욕을 하고 있는 거야. 돌아가신 할머니는 이런 나를 어떻게 생각하실까? 하지만 상관없어. 내 몸이 이렇게까지 땟국으로 덮인 적도 없었고, 이렇게 개운한 적도 없

었어.'

마야는 바이를 따라 물 밖으로 나왔다. 강둑에 수건을 펼치곤 두 사람은 나란히 앉았다. 부드러운 산들바람이 몸을 말려주었다. 페이톤이 강둑으로 올라와선 손으로 물을 튕기곤 다시 물속으로 들어갔다. 그러다 이내 다시 솟아오르며 손을 흔들었다. 바이는 그 답으로 손을 흔들어주었다.

"마야, 페이톤에겐 형이 셋이나 있어. 근데 하나같이 페이톤을 놀린대. 걔네들, 유명한 승마 선수들이야. 하지만 대회에서는 페이톤이 그들보다 더 좋은 성적을 거둬. 페이톤이 형들보다 더 잘하는 뭔가를 갖도록 하기 위해서 난 최선을 다할 참이야. 집에서보다 여기서 더 안정을 찾는 애지."

바이는 등 뒤의 마야를 팔꿈치로 툭 치며 말을 이어나갔다.

"근데 네가 걔 여름방학을 망치려고 한 거지. 걱정 마, 모두 잘될 거야. 넓은 세상은 사람을 그만큼 넓게 만들지. 여유를 줘서, 생각을 정리하게 만들고, 제자리를 찾도록 만들지."

마야는 페이톤이 더 깊은 곳으로 거슬러 올라가고 있는 걸 보았다. 페이톤을 괴롭히는 세 형들은 어떤 사람들일까?

"페이톤은 수영을 잘하네요."

"잘하는 게 많지. 집에서는 자신도 모르게 그냥 자신감을 잃어버리는 애야. 근데 넌 어디서 수영을 배웠니?"

"학교에서요."

"그게 사실이니?"

바이는 고개를 돌려 마야에게 물었다. 마야는 눈을 크게 뜨고 답했다.

"교과목에 수영 수업이 있었는데, 수영이 안전과 관계된 것이라며 할머니께서 허락하셨어요. 제가 욕조나 웅덩이에 빠지거나, 행여 홍수에 떠내려갈까 봐서요. 그 밖에, 수많은 끔찍한 일을 떠올리시며 걱정하셨어요."

"할머니가 널 많이 사랑하셨나 보다. 만약 널 아끼지 않으셨다면 그런 난리를 치진 않으셨을 테니까."

마야는 할머니의 그런 과장스러워 보이는 행동들이 사랑의 표현일 거란 생각을 한 번도 해본 적이 없었다.

"하지만 할머니는 너무나 심하셨죠. 무엇보다 엄마를 미워했어요. 엄마란 말도 못 꺼내게 했으니까요. 그랬다간 난리가 났어요. 엄마 사진들을 죄다 없애버리셨고요. 제가 숨겨둔 사진 한 장 빼곤 말이에요. 그리고 엄마가 아빠를, 아니 할머니의 아들을 빼앗아 갔다고…… 늘 말씀하셨죠."

바이는 미간을 찡그렸다.

"잘 모르겠다만 마야, 아마도 네 아빠의 죽음에 대한 비난을 받을 그 누군가가 필요했을 거야. 그래야 당신께서 편해지시니까. 슬픔이란 감정의 표현이지. 죽은 사람을 얼마나 사랑했느냐, 하는 증표 말이야. 사랑이 깊은 만큼 슬픔에서 벗어나기란 어렵단다. 어떤 이들은 슬픔에 갇혀, 사랑하는 이가 남기고 간 모든 것들을 움켜쥐려고 하지. 무스 할아버지가 변호사에게 들은 바로는, 네 할머니께서는 세상과 단절하고 사셨어. 그리고 너에게도 똑같이 그렇게 살게 했고. 할머니께서는 슬픔과 두려움으로 그렇게 하셨을 거야. 한마디로 위험으로 가득 찬 세상이라 여기셨던 게지. 가여운 사람이었어."

"무스 할아버지도 슬퍼하고 두려워하셨나요, 엄마가 돌아가셨을 때?"

"그랬지. 우리 모두 그랬단다. 하지만 서로 슬픔을 나누고 기댈 수가 있었어. 서로서로 슬픔의 늪에서 건져주었지. 그래서 편안하게 받아들일 수 있었던 거야. 웃으면서, 위로하면서, 노래하면서."

"할아버지는 아직도 슬퍼 보여요."

"맞아, 그건 할아버지께서 심장을 소맷자락에 넣고 계시니까 그래. 무슨 말인지 알겠니?"

마야는 고개를 저었다.

"할아버지께서는 감정을 속에다 감추지 못하시고 밖으로 드러내시지. 아름다운 노을이나……, 아니, 모자가 떨어지는 모습만 봐도 그래. 슬픔과 기쁨을 곧바로 표현하시지."

바이는 말끝에 미소를 지었다.

"부인께서, 아니 우리 외할머니가 돌아가셨을 때도 그러셨어요?"

"그래. 아주 오래전에, 그러니 네 엄마가 겨우 돌이 지났을 무렵이었지."

"그럼, 우리 엄마도 엄마가 없었네요? 나처럼……."

"그렇다고 할 수 있지. 난 대학원을 갓 졸업한 아가씨였어. 동부에 있는 대학에서 미술을 가르치고 있었는데, 네 외할머니가 돌아가셨어. 그리고 난 네 엄마를 돌보러 집으로 돌아왔고. 네 엄마, 엘리는 내 조카니까. 어린 엘리는 날 필요로 했어. 그리고 난 절대 후회하지 않아. 비밀인데 말이야, 나도 남들처럼 결혼하고도 말들과 함께 살 수 있었지만, 자존심이 강해서 누군가에게 그걸 함께하자고 청할 수가 없었어. 말하자면 남편 대신 말을 선택한 셈이었지. 마침 피그 할아버지께서도 혼자가 되셔서 합류했어. 목장에서 함께 살기 전부터, 피그 할아버지네 가족들은 항상 그 부근에 있었단다. 우린 엘리를 키우는데 각자 역할을 하나씩 했어. 난 엄마 역할을 맡았지."

바이는 팔꿈치를 무릎에 올리곤 강 저편을 바라보았다. 페이튼이 강둑에 서서 바위를 훌쩍 넘어 물속으로 뛰어들었다.

마야는 바이의 시선을 쫓았다. 바이 할머니, 피그 할아버지, 무스 할아버지가 얼마나 엄마를 사랑했을까 생각하면서…….

"네 엄마는 늘 말했어. 스위트워터 강은 결코 채울 수 없는 만족감을 가슴속에 채워준다고. 이곳이 네 엄마가 제일 좋아하던 곳이야. 그 이유는 내일 알게 될 거야."

"내일요?"

"너와 페이톤에게 내가 관찰하고 있는 하렘*을 보여줄 거야. 내가 경로를 추적했지. 이젠 어느 무리가 어디에 있는지 쉽게 알 수 있을 정도가 됐어. 운이 좋으면 네 아빠가 그림에 담았던 수말 두어 마리를 볼 수 있을 거야. 너도 잘 알다시피 네 아빠는 재능 있는 화가였어."

마야는 고개를 저었다.

"할머니가 모두 없애버렸다고 하셨어요. 제가 본 유일한 그림은 목장 거실에 있는 것이에요."

바이는 고개를 절레절레 흔들었다.

"그 아름다운 그림들을…… 모두. 어쨌든…… 네 아빠의 감성을 자극했던 것들을 보여줄 순 있어. 그리고 운이 좋다면 네 엄마가 타고 다녔던 백갈색 말까지."

---

* 한 마리의 수컷과 여러 마리의 암컷으로 이루어진 무리.

"그 말이 바로 제가 가지고 있는 사진 속에서 엄마가 타고 있는 말이에요?"

"응, 이름이 아르테미시아란다. 말몰이를 당했을 때 제 어미한테서 떨어져 나왔지. 경매에 나온 걸 구입했어. 겨우 한 살배기 망아지였었지, 그땐."

"말몰이가 뭐예요?"

"야생마를 몰아서 집단으로 도륙하는 것을 말하지. 난 아르테미시아를 사서 3년을 훈련시켰어. 네가 엄마랑 목장에 왔을 무렵, 그 말은 세 살이었지. 엘리는 그 말을 끔찍이 사랑했고 한시도 떨어져 있지 않았어. 늘 타고 다녔지. 아르테미시아는 내 말이었지만 네 엄마와 전생에 무슨 인연이라도 있는 듯, 뭔가로 둘이 연결되어 있는 느낌을 받았어. 그런 경우는 한 번도 본 적이 없거든. 엘리가 떠났을 때 아르테미시아는 그녀를 애타게 기다렸어. 그해 여름, 여기 스위트워터 강으로 아르테미시아를 데리고 왔지. 사진작가 팀을 이끌고 갈 리뮤다 말이 더 필요했거든. 결국 다른 사람이 아르테미시아 위에 오르게 내버려뒀는데……. 그게 내 실수였어."

"왜요?"

"우린 야생마 무리를 쫓아다니며 하루 종일 들판에 있었지. 밤에 캠프를 칠 때 난, 간이 축사를 만드느라 바빠서 다른 사진작가들이 마구를 벗겼어. 아르테미시아를 탔던 그 여자는 굴레를 떼기 전에 말의 목에다 매듭을 묶는 걸 깜빡했던 거야. 우연히 그때, 자신의 하렘과 함께 한 수말이 산등성이를 넘어서 우리가 있던 골짜기에 와 있었어. 사진작가들은 모두 흥분해서 카메라를 들고 사진을 찍어댔지. 그 여자는 아르테미시아가 달아나버린 걸 알았지만, 그때는 이미 그 수말이 아르테미시아 주위를 빙글빙글 돌며 경계 자세를 취한 뒤였어. 그리고 그 수말은 바로 아르테미시아를 낚아채 가버렸지. 바로 우리들 코앞에서 말이야. 나중에 야생으로 돌아간 아르테미시아가 잘 적응하는 걸 확인한 뒤에야 가슴앓이가 사라졌지······. 아참, 몇 주 전에 아르테미시아를 봤어. 새끼를 낳고 난 뒤였나 봐. 아직 털이 축축한 망아지와 함께 있었어. 그 망아지에게 클리라는 이름을 붙여주었지."

"클리요? 재미있는 이름이네요."

"난 말에게 유명한 화가 이름을 붙여줘."

"왜요?"

바이는 깍지 낀 손을 목 뒤로 두른 채 비탈에 기댔다. 모닥불 주위에서 노래를 할 때처럼 그녀의 눈은 그리움에 젖어 있었다.

"주위를 둘러봐. 이 넓은 자연 속에선, 하찮다고 생각한 것들마저 중요하게 다가오지. 말들이 바람에 맞서 달릴 땐, 갈기와 꼬리가 마치 물감이 묻은 붓놀림처럼 보이지. 내 눈에는 그들이 커다란 자연을 캔버스 삼아 아름다운 그림을 그리는 화가처럼 보이는 거야. 수말에게는 화가의 성을 붙여주고, 암말에게는 이름을 붙여주면 쉽게 암수를 구별할 수가 있지. 난 유달리 미국 남서부 화가들을 좋아해. 그 밖의 이름들은 특히 존경거나, 강의 시간에 가르치는 화가들의 것이야."

갑자기 페이톤이 공터 옆 수풀에서 불쑥 나타났다.

"이거 보실래요?"

페이톤은 가느다란 검은 뱀을 손에 매달고 있었다.

"페이톤!"

놀란 바이가 야단을 쳤다.

페이톤은 버드나무 숲 가장자리에다 뱀을 놓아주었다. 바이는 고개를 절레절레 흔들며, 마야를 보고 미소를 지었다.

"며칠 전이었더라면 네 티피 속으로 들어갈 뻔 했구나……."

바이가 말을 맺기 전, 마야가 옷을 입으며 말했다.

"바이 할머니…… 사실은…… 제가…… 문의 빗장을 풀었어요."

바이는 고개를 끄덕였다. 두 손으로 부츠를 종아리까지 잡아당기며 말했다.

"알고 있었어. 솔직하게 말해줘 고맙다. 그리고 마야, 오늘 내가 너한테 좀 심하게 했지? 하지만 네가 말에서 떨어질 줄은 몰랐어. 나도 겁이 났어. 그래도 네가 잘해내서 다행이야. 넌 과연, 림너 가족이야. 재능을 타고났어."

바이는 처음으로 함빡 웃음을 지어 보였다.

마야는 바이를 따라가면서 수건을 꼭 껴안았다. 바이가 한 말이 계속 머릿속에서 떠나질 않았다. 엄마와 강과 야생마에 관해……. 그리고 림너 가족이 된다는 것에 관해. 오후 햇살에 마야의 얼굴이 분홍빛으로 물들었다. 마야의 마음속도 얼굴빛만큼이나 빛나고 있었다.

와이어스의 독립

아르테미시아는 무리를 협곡으로 이끌었다.

클리는 어미 곁에서 힘차게 발을 높이 들며 걸었다. 태어난 지 몇 주 만에 소용돌이 모양의 갈색과 흰색의 털이 복슬복슬, 몸 전체를 덮고 있었다. 이제 자신감이 생겨 어미보다 먼저 나아가려 했지만, 어미는 허락하지 않았다. 조지아는 뒤에서 클리를 돌보았다.

저지대 물웅덩이 쪽으로 이동하다가, 사람의 무리와 마주쳤다. 아르테미시아는 멈춰 서서, 머리를 들고 귀를 쫑긋하게 세웠다. 그중 한 사람은 낯익은 여자였다. 몇 시간 동안 그들을 지켜본 결과 위험한 존재가 아니라는 결론을 내릴 수가 있었다. 사전트가 귀를 세우곤 히힝거렸다.

'지금, 괜찮은 상황인가?'

아르테미시아는 안심해도 된다며 히힝거리곤 물웅덩이 쪽으로 나아갔다. 그래도 사전트는 못 미더워, 그들을 계속 주시했다. 그리고 권위적인 자세로 엄포를 놓았다.

'가까이 오지 마. 그렇지 않으면 가만있지 않을 거야.'

더 이상 위험을 못 느낀 사전트는 무리를 따라갔다. 메리가 무리에서 뒤처져 딴청을 피우고 있는 걸 아르테미시아가 눈치채고, 사전트에게 신호를 보내자, 사전트는 메리의 옆구리를 살짝 물었다. 메리는 무리를 따라잡으려고 성큼성큼 달렸다. 이제 모두 무리 속에 있지만, 와이어스만은 아니었다.

아르테미시아는 와이어스의 나지막한 울음소리를 듣고서, 산기슭 쪽을 봤다. 와이어스는 무리의 말들을 부르며 혼자 서 있었다. 와이어스가 천천히 무리 쪽으로 달려오자, 사전트는 목을 활 모양으로 구부리곤 콧바람을 일으키며, 앞발로 땅바닥을 파듯 굴렀다. 와이어스는 머리를 이리저리 틀더니 둔덕으로 물러났다.

와이어스는 이제 두 살이 됐다. 자신의 길로 가야 할 때가 된 것이다. 총각 말무리 속에서 싸움도 하고, 뱀처럼 목을 쭉 뻗어, 다른 말들을 쫓기도 해야 할 것이다. 세월이 지나 하렘을 거느린 어느 수말에게 도전을 해서, 암말 한 마리를 얻어낼 수 있을 만큼 강해지기 위한 훈련이요, 연습인 것이다.

아르테미시아는 와이어스가 주춤거리며 다시 돌아오려는 걸 눈치챘다. 사전트가 울부짖으며 와이어스를 향해 공격 자세로 돌진했다. 와이어스는 조지아의 아들이니, 사전트에겐 손자가 되는 셈이다. 줄곧 무리에 속해 있었지만, 이제 와이어스는 자신의 길을 찾아가야만 한다. 아르테미시아와 다른 암말들도 사전트가 와이어스를 추방하는 것에 동의를 하는 듯, 고분고분했다.

아르테미시아는 냉정하게 다른 말들을 향해 눈을 돌렸다. 조지아와 메리는 웅덩이 속으로 들어가 뒹굴었다. 이어 아르테미시아는 그들을 따라했고, 막내 클리는 어미를 따라했다. 아르테미시아는 일어나서, 물 밖으로 걸어 나왔다. 클리도 따라 나왔다. 둘이 동시에 몸을 털자, 작은 물방울들이 허공에서 반짝거렸다. 아르테미시아는 아들의 존재를 확인하려는 듯, 클리의 머리에다 코를 비볐다.

와이어스는 총각 말무리를 찾았을까? 아르테미시아는 손자인 와이어스를 생각하며, 막내 아들 클리의 등성마루 위로 목을 숙였다.

말몰이

"벼랑에 붙지 마, 내 곁에 있어. '그레이트 디바이드' 분지에서 너희들을 잃고 싶지 않으니까."

바이가 말했다.

바이, 마야, 페이톤은 말을 타고 가다가 광대한 사막의 분화구 지형을 만났다. 아래에는 '허니콤' 뷰트*가 적색, 갈색, 녹색의 기이한 첨탑 모양으로 불쑥 솟아 있었다. 동쪽으로 '콘티넨탈' 봉우리가 나타났고 서쪽으로 '오레곤' 뷰트가 잠자는 거인처럼 보였다.

"이런 것들 본 적 있니?"

---

* 평원에 우뚝 솟은 고립된 산.

바이가 물었다.

마야는 없다고 고개를 저었다. 마치 외계 행성에 온 것 같았다. 정말 이곳에 와 있는 걸까? 마야는 지난밤, 잠을 제대로 이룰 수 없었다. 이른 아침 서둘러 옷을 갈아입고 모닥불에 손을 쬐며 기다리고 있는 마야를 보고선, 바이 역시 놀랐다. 아침밥을 먹고 바이는 러셀, 호머, 셀처를 '구스넥 트레일러'*에 싣고선 마야, 페이톤과 함께 '콘티넨탈 디바이드'**를 따라 남쪽으로 차를 몰았다.

바이는 북쪽으로 말 머리를 돌렸고 마야와 페이톤은 그녀 뒤를 따랐다. 은은하게 반짝이는 호수의 신기루가 그들 앞에 나타났지만, 가까이 다가서자 사라져버렸다.

산 중턱, 바위 무더기라고 생각했던 것은 가지뿔영양 떼였다. 우아하게 흰 드레스를 차려입은 발레 공연단인 양, 대자연의 무대를 파노라마처럼 가로질러 가는 영양 떼를 지켜보면서, 마야는 숨이 멎는 듯한 아찔한 감동을 느꼈다.

"이곳은 신비한 곳이야. 난 매번 감동한단다, 이 황홀한 아

---

* 말을 기립 자세로 이동시킬 수 있는 높은 트레일러.
** 로키 산맥의 분수계.

름다움에."

 바이의 말에 마야는 고개를 끄덕였다. 뭔가 신비한 일이 일어날 것 같은 기대감이 일었다. 그렇게 믿는 건 우스운 일일 수도 있지만, 아무튼 아르테미시아를 처음 보게 되는 순간, 말 위에 올라타고 있는 엄마의 모습을 볼 수 있을 거라고 생각했다. 여기선 눈앞 광경들이 마치 허깨비처럼 보이기에, 그 역시 가능할 것 같았다.

 마야 일행은 잠시 멈췄다. 말들에게 조마삭 굴레를 씌운 뒤, 나뭇등걸에 묶어두었다. 바이는 '오레곤' 협곡 너머 언덕마루로 아이들을 데리고 갔다.

 "바이 할머니, 여기에 유령 말들이 있나요?"

 마야가 묻자, 바이는 미소를 지으며 답했다.

 "누가 유령 말 얘기를 해줬어?"

 "엄마가요……. 유령 말을 잡을 수 있는 유일한 방법은 바람의 꼬리에 색칠을 하는 거랬어요."

 "난 바람에 색칠을 할 수 있어."

 페이톤이 말했다.

 "제가 얼마나 말을 잘 타는지 마야에게 보여줄까요?"

 "페이톤, 우린 지금 막 앉았어. 잠시 숨 좀 돌리게 가만히 있어줄래? 네가 그러면 이 근처 생물들이 죄다 도망간다고.

여기에는 아르테미시아 같은 유령 말들이 많아. 어둠 속에선 흰 털만 보이기에 사람들 눈에는 유령으로 보이지. 아르테미시아가 그중 가장 아름다워."

바이는 속삭이듯 말했다.

"아르테미시아가 바이 할머니 것이라면, 왜 데려오지 않으시죠?"

마야가 물었다.

"페이톤, 왜 그렇지? 네가 대신 답해줄래?"

"왜냐면, 너무 위험하니까."

페이톤이 답했다.

"맞아. 소유욕이 강한 수말로부터 아르테미시아를 떼어내려면 한 부대의 카우보이들이 필요할 거야. 아르테미시아는 원래 야생마니까, 살아남는 법을 알아. 그래서 내버려두는 거야. 결정하기 쉽지는 않았지만 말이야……. 아무튼 아르테미시아가 그리워."

"야생마들이 우리 말들을 훔치려 하지 않을까요?"

바이 대신 페이톤이 답했다.

"절대 그럴 리가 없을 거야. 야생마들은 암말만 훔쳐. 우리 말들은 어린 수말들이고 더구나 말무리에서 성숙한 수말은 하나면 족해. 그 수컷은 다른 경쟁자들을 원치 않지. 만약 다른 수말이 다가오면 목숨을 걸고 쫓아버릴걸. 수말이 다른 무리의 암말을 훔치려들면, 그땐 큰 싸움이 벌어지는데, 앞다리를 세우고 물어뜯고 피범벅이 되고……."

바이는 페이톤의 팔을 잡곤 안경을 올리며 말했다.

"자, 멀리 말무리가 물웅덩이를 향해 가고 있지? 조용히, 그리고 가만히 있어야 해. 갑작스런 행동은 금물이야."

기대감으로 마야의 입안에 침이 고였다. 마야는 입술을 핥고, 망원경을 통해 두 언덕 사이로 말 다섯 마리가 오가는 걸 확인했다.

바이는 속삭였다.

"수말, 사전트야. 무리 뒤편에 우뚝 서 있는……, 털은 황금빛에, 갈기와 꼬리는 흰 색인 팔로미노. 아름답지 않니?"

사전트를 보고 마야는 결코 길들여지지 않을 것 같은 거친 야생마의 전형을 떠올렸다. 가죽 위에는 베인 자국과 흉터가 있었으며, 자루걸레 모양의 앞 머리털이 뱅뱅 감겨 있었다.

"그리고 엷은 황갈색 말, 보이니? 조지아야. 두 살배기 메리도 있고. 메리는 아빠인 사전트를 더 많이 닮았지. 물론 아르테미시아는 선두에 있고……, 보이니?"

마야는 자신이 숨을 멈추고 있음을 깨닫고는 '휴우' 하고 숨을 내쉬었다. 몸을 숙인 채 아르테미시아에게 초점을 맞추었지만, 상은 희미하게 맺혔다. 숨을 더 크게 들이마신 뒤 다시 망원경으로 눈을 가져갔다. 마침내 상이 선명하게 맺혔다. 아르테미시아는 리뮤다의 말들처럼 세련된 모습도 아니었으며, 사진에서 흔히 볼 수 있는 단장된 말의 모습도 아니었다. 갈기와 꼬리의 털들은 엉키고 뭉쳐 있었으며, 몸통 주위에는 때가 엉겨 붙어 있었다. 하지만 강한 품성이 느껴졌으며, 걷는 모습은 우아했고 머리를 치켜들 때의 자태는 고귀해 보였다.

아르테미시아의 눈은 마치 망원경 렌즈를 통해 마야의 눈을 들여다보는 듯했다. 마야는 가슴속에서 뭔가가 치밀어 오름을 느꼈다.

"우리가 있는 걸 눈치챈 것 같아요."

"아르테미시아뿐만 아니라, 사전트와 다른 말들도 알아. 하지만 내가 자기들을 지켜봐왔고 또 종종 사람들까지 데리고 온다는 걸 알지. 이미 익숙해져 있어. 아르테미시아가 날 기억해줬으면 좋겠네. 내 몸짓이나 체취 같은 것 말이야."

바이의 목소리엔 애정이 가득 묻어 있었다.

"아르테미시아 바로 뒤를 봐. 다른 두 암말 사이에 있는 망아지……. 클리야."

클리는 현란한 색의 말들 속에서도 도드라졌다. 갓 생긴 털은 복슬복슬했다. 생기 있는 표정에, 말 그대로 망나니 같은 망아지였다. 가까이 다가가, 만질 수만 있다면 얼마나 좋을까. 익살스러운 망아지의 별난 행동에, 마야는 눈을 뗄 수가 없었다. 클리는 호기심과 활기로 가득 차 있었으며, 어미의 사랑을 독차지하려는 막내의 어리광을 마구 부리고 있었다.

바이는 망원경으로 쭉, 훑곤 말했다.

"와이어스는 어디 있지?"

"저기요, 저 언덕 위에요. 물웅덩이 쪽으로 가려고 하네요. 근데 사전트가 못 가게 하는 것 같아요."

페이톤이 답했다.

"때가 되었구나."

바이가 말했다.

그때 마야는 어슬렁거리다가 멀리 떠나버리는 와이어스를 망원경으로 확인했다.

"때가 되었다니요?"

바이는 마야의 물음에 미소를 지으며 나지막이 답했다.

"수망아지들은 두세 살이 되면 쫓겨나지, 우두머리 수말에 의해. 근친상간을 막기 위해서야. 젊은 수말은 제멋대로이고, 불량스럽지. '젊은 혈기의 방탕한 생활'이란 말 들어본 적 있니? 지금의 와이어스가 그래."

"하지만 어린 수말에게는…… 너무 잔인한 일 같아요."

"인간사도 그와 비슷하단다. 어린아이도 언젠가는 집을 떠나 자신의 세계를 찾아야지. 네 엄마도 그랬고 너와 페이톤도 그럴 거야. 가슴 아픈 일처럼 보이지만, 몇 년 후에는 클리 역시 무리를 떠나야만 하지."

그때 페이톤이 바이의 눈치를 보며 물었다.

"다시 말 타도 되요?"

"그래, 호머를 구보로 유지해. 전력 질주는 안 돼."

"네! 트레일러에서 봐요."

"쟤가 벌써 '젊은 혈기의 방탕한 생활'을 하고 있는 것 같구나."

자신의 말을 향해 쏜살같이 달려가는 페이톤을 보며, 바이가 빙그레 웃으며 말했다.

바이와 마야는 망원경을 들었다. 아르테미시아는 클리의 목을 자근자근 씹다가, 마침내 커다란 목과 머리를 클리의 몸에다 감쌌다. 마야는 질투로 가슴이 아파왔다. 엄마도 저렇게 헌신적인 사랑으로 날 감싸줬을까?

"훌륭한 어미이자, 선두마지."

"아르테미시아는 어떻게 선두마가 될 수 있었죠?"

"선두자리에 서기만 하면 돼."

"하지만 어떻게 자신이 선두마라는 걸 알죠?"

"마야, 우리 인간은 소위 '안다는 것'에 대해 모르는 게 너무나 많아. 말은 덩치가 크거나 나이가 많다고 해서 선두마가 되진 않아. 특히 위험에 처했을 때 가족을 이끌 자신감과 능력을 겸비한 말이어야만 해. 무리를 이끌고 갈 안전한 길을 아는 말, 다른 암말들과 화평하게 지낼 줄 아는 말. 세상의 많은 위대한 지도자들을 생각해봐. 그들도 그런 자질을 갖고 있잖아?"

마야는 바이의 말에 망원경을 내렸다.

"바이 할머니처럼요?"

말들을 지켜보던 바이는 망원경을 치우곤 이마의 땀을 팔뚝으로 훔친 뒤 말했다.

"마야, 네 엄마가 스위트워터 강을 얼마나 사랑했는지, 그리고 다른 곳에서는 결코 채울 수 없는 만족감을 이곳에서 얻었다고 너에게 말해준 적 있지?"

마야는 고개를 끄덕였다.

"난 결혼도 하지 않았어. 당연히 가정을 꾸려보지 못했고……. 네 엄마가 내 마음의 한쪽을 채워주었지. 결코 채워지지 않을 거라 생각한……."

그때 페이톤이 말 세 마리의 고삐를 쥐고선 헐떡거리며 그

너들 뒤에 나타났다.

"바이 할머니!"

"뭔가 기분 좀 내려고 하면 나타나는 녀석……. 그래, 무슨 일이니, 페이톤?"

바이는 미소를 지으며 페이톤에게 말했다.

"헬기가 떴어요……. 협곡에!"

순간 바이의 표정이 일그러졌다. 그녀는 한숨을 쉬며 외쳤다.

"안 돼!"

"무슨 일이에요?"

마야가 다급히 물었다.

"어서요! 서둘러야 해요."

그렇게 말하는 페이톤의 이마에 땀방울이 맺혀 있었다.

바이는 서둘러 말에 오르면서 말했다.

"적어도 그전에 네가 그들을 볼 수는 있겠구나……."

"그전에 뭐라고요?"

마야가 물었다.

두두두두……. 소리는 갈수록 크게 들렸다. 거대한 말벌 같은 헬리콥터가 지평선 위로 모습을 드러내더니, 협곡을 가로질러 이리저리 날아올랐다. 수 마일의 그물망이 이미 설치되어 있었다. 협곡 한쪽 끝의 그물망은 넓었으며, 다른 한쪽 끝은 깔때기처럼 좁아지더니, 결국 원통 모양의 가축우리로 이어졌다.

겁에 질린 야생마들은 콧김을 내뿜으며 달렸다. 그들의 가죽은 이미 땀에 젖어 번들거렸다. 새끼 한 마리가 어미를 따라잡으려고 허둥댔으며, 수말 한 마리는 비틀거리다가 말무리 속으로 빨려들어, 결국 짓밟히고 말았다. 협곡은 말들의 비명으로 가득 차갔다.

마야, 페이톤 그리고 바이는 절벽 위에서 그 모든 것을 지켜보았다.

"말몰이야, 결코 아름다운 광경이 못 되지, 그렇지?"

마야는 고개를 끄덕였다. 말몰이? 꽤 그럴듯하게 들렸지만 그 뜻은 전혀 그렇지가 않았다.

"왜 말들을 잡는 거예요?"

"이유가 복잡하지……. 정부는 몇 년에 한 번씩 야생마들의 수를 조절하기 위해 말몰이를 하지. 이렇게 하는 데는 수많은 이익 단체의 압력이 작용해. 어떤 목축업자들은 야생마들이 자신들의 목초지를 손상시킨다고 생각하고, 어떤 사람들은 야생마들이 너무 많은 물을 마셔버린다고 생각하지. 그리고 야생마를 정의하기를 어떤 사람들은 오래된 목장에서 버려진, 말하자면 가축이었다가 야생에서 생존해 남은 말들이라고 해. 몇몇 말들은 그럴 수도 있을 거야. 하지만 '무스탕'은 북아메리카의 토착 야생마지. 대다수의 과학자들도 그렇게 말해. 그들의 근본이 어쨌든, 말들이 보호되길 바라는 사람들이 더 많은 건 사실이야."

"잡힌 말들에겐 앞으로 어떤 일이 벌어지나요?"

"예쁘고 어린 말들은 경매에 붙여질 거야, 그 옛날 아르테미시아처럼 말이야. 동물보호구역을 위해 구매를 하기도 하지. 최소한 그곳에서만은 야생마들이 평화롭게, 자유롭게 살아갈 수가 있지."

"하지만 여기서도 이미 자유롭게 살고 있잖아요?"

마야가 말했다.

"맞다, 핵심을 잘 찌르는구나. 불행히도 이 나라 사람들은 이런 식으로 해왔단다. 아메리카 원주민과 동물들을 '몰이' 해서 다른 곳에다 놓아주는……. 그냥 살고 있는 곳에서 살게 해도 문제가 없는데 말이야."

"나머지 말들의 운명은요?"

마야의 물음에 페이톤이 망원경을 내려놓으며 답했다.

"식용으로 팔아. 주로 경매를 통해 다른 나라로 팔려가지.

도살장으로 팔아넘기면 개 사료로도 만들어져……."

페이톤의 말을 바이가 이어나갔다.

"공유지에 가축을 방목하는 유권자들에게 잘 보이려는 국회의원들이 문제지. 그들은 야생마보호법 제정을 반대해. 야생마들은 풀만 뜯어 먹을 뿐, 돈벌이가 되지 않기 때문이야. 사람들이 그들의 가치를 인식 못 하는 게지. 사실 이 나라는 말에 의해 탄생한 나라인데 말이야. 말은 땅을 경작했고 믿음직한 운송 수단이었으며, 전쟁 중에는 둘도 없는 훌륭한 동맹군이었지. 그들은 우리의 동반자들이었어. 에너지로 충만한 저 모습들을 봐, 얼마나 생기가 있는지……. 며칠 후면 우리 속에 갇혀 기가 죽은 그들을 보게 될 거야. 자유롭게 살다가 가족과 떨어져 감금된……."

마야의 감정이 북받쳐왔다. 가여운 말들로 인해 가슴이 아팠다. 아르테미시아 역시 그렇게 어미와 헤어졌다. 그리고 클리를 또 그렇게 잃게 될지 모른다.

바이는 일렬로 서 있는 한 무리의 말들을 망원경으로 훑어보았다.

"사전트……. 조지아, 아 그리고 보니 와이어스도 있네. 녀석, 뒤쫓아왔나 보구나."

야생마 사냥꾼들은 로프를 휘두르며 말들을 우리 속에 가두곤 문을 닫아버렸다.

"아르테미시아와 클리는요?"

마야가 물었다. 바이는 떼를 지어 몰려드는 우수에 찬 말들을 찬찬히 살펴보았다. 그녀의 이마가 유난히 찌푸려져 있었다.

"없어…… 안 보여."

마야는 안도의 한숨을 쉬었다.

"다행이죠, 그렇죠?"

바이는 망원경을 안장주머니에 넣으며 답했다.

"다행일 수도, 아닐 수도 있어. 설령 잡혔다 하더라도 아르테미시아가 내 소유라는 걸 증명할 수는 있지. 낙인이 찍혀 있거든……. 내 목장 표시 말이야. 하지만 지금은 수말의 보호 없이는 공격받기가 쉬워."

"무슨 일이 생기게 되나요?"

바이는 상상조차 할 수 없는 일이 일어날 수 있다는 듯, 걱정스런 눈빛으로 마야를 쳐다봤다.

다들 트레일러로 돌아오는 내내, 한마디도 하지 않았다. 캠프로 돌아오는 길에도 역시 그랬다. 페이톤은 조수석 문에 기대어 푹 쓰러져 있었으며, 바이는 앞만 쳐다봤다.

마야는 좌석 뒤로 머리를 젖히곤 눈을 감았다. 아르테미시아와 클리 생각에 어쩔 바를 몰랐다. 어서 말을 몰아 그들을 찾아 나서야지, 생각하고 있었다.

퓨마의 습격

 아르테미시아는 지속적으로 쿵쿵거리는 소리가 뭘 의미하는지 알고 있었다. 그곳으로부터 재빨리 빠져나와야 한다는 걸 의미하며, 무리들이 곧 공포에 질려 날뛴다는 걸 의미했다. 계곡은 혼돈 속에서 피로 물들어갈 것이며, 서로의 눈에 땀방울이 튈 거란 걸 의미했다.

 아르테미시아는 클리가 그 난폭함 속에서 살아남지 못할 거란 걸, 본능적으로 눈치챘다.

 클리를 데리고 우레와 같은 수천의 말발굽으로 인해 짓이겨진 풀과 먼지구름의 길에서 벗어났다. 그리고 며칠을 스위트워터 강 주변의 협곡을 헤매고 있었다. 날이 저물었다. 세이지 그라우즈 한 마리가 수풀에서 날아올랐다. 아르테미시아는 푸드덕거리는 소리의 방향으로 머리를 들었다. 새가 나는 이유를 알아내려고 두 귀를 쫑긋 세웠다. 바람의 방향이 바뀌고 퓨마 냄새가 났다. 아르테미시아는 클리를 가까이에 두었다. 둘은 탁 트인 곳을 향해 전력 질주를 했다. 퓨마의 공격에 대비해 충분한 공간을 얻기 위해서였다. 퓨마는 고독을 즐기기에 혼자일 가능성이 높다. 한 마리라면 상대가 육식동물의 대명사인 퓨마라 해도 자신이 있었다.

아르테미시아는 높은 절벽 위에서 퓨마가 영양에게 몰래 접근해 목덜미를 물어뜯는 걸 지켜본 적이 있다. 그 커다란 고양이과 동물은 바람이 부는 방향으로 앉는다. 속도를 내기 위해서다. 수풀이 우거진 산자락에 숨어, 황갈색의 배를 땅에다 깔고 탐색 중이었다. 참을성 있게 조용히 산쑥 덤불 속에서 기다리다가 의도했던 먹이가 가까이 다가오자 검은 귀를 쫑긋거리더니 몸을 뒤로 젖혔다. 뒷다리를 쭈그렸다가, 영양의 뒤를 향해 무려 6미터나 뛰어올랐다. 단 한 번 목덜미를 물었건만 영양은 즉사해버렸다. 배를 채운 퓨마는 다음 식사를 위해 남은 고기들을 흙과 나뭇잎으로 덮어두었다.

지금 그 냄새가 강해졌다. 아르테미시아는 웅크리고 있는 퓨마를 발견했다. 아르테미시아는 귀를 납작하게 펴곤 콧구멍을 벌렁거리며 신경질적으로 무시무시한 경고음을 질러댔다.

하지만 상대는 맹수의 대명사 퓨마가 아닌가. 퓨마는 아랑곳 않고 아르테미시아를 향해 돌진해왔다. 순간 아르테미시아는 등골이 오싹해지는 느낌을 받았다. 앞발을 들고 마구 찍어 내리기를 여러 차례, 마침내 퓨마는 아르테미시아의 앞발을 못 이긴 채, 입맛만을 다시고 물러났다.

아르테미시아는 클리에게 다가가 안아주었다. 곧 그곳을 떠나야만 했다. 아르테미시아는 퓨마가 사냥에 아주 집요한 포식자임을 알고 있었다. 퓨마는 사냥에 성공할 때까지 반복해서 공격해올 것이다.

사라진 아르테미시아

마야와 페이톤은 강에서 캠프로 달려오는 무스 할아버지의 트럭 소리를 분명히 들었다.

골리는 차에서 나와 두 아이를 향해 통통 튀듯 달려왔다. 반갑게 짖으며 아이들이 내민 손을 핥아댔다. 무스와 피그는 차에서 내려와 느릿느릿 마야 앞으로 다가왔다. 무스는 마야를 두 팔로 껴안았다.

"서부 소녀, 잘 지냈니?"

마야는 흥분조로 떠들기 시작했다.

"우리요, 야생마들을 봤거든요. 근데 말몰이가 있었어요, 그리고 아르테미시아와 클리……. 참, 클리는 막 태어난 망아진데요…… 지금 그 둘이 실종돼버렸어요. 어제도 하루 종일 찾아다녔지만 어디 있는지 알 수가 없어요. 바이 할머니께서 어딘가에 꼭 있을 거라고 했어요. 우린 계속 찾을 거예요. 그리고 저, 이제 속보도 할 수 있어요. 아주 빠르게요."

피그는 페이톤에게 헤드록을 걸어 머리카락을 마구 헝클어뜨리며 마야의 말에 답했다.

"당연히 할 수 있겠지."

페이톤이 피그에게서 빠져나오며 말했다.

"마야, 이리 와. 티피 근처에 있는 비버 댐을 보여줄게."

페이톤이 강을 향해 달려가자 골리가 그 뒤를 따라갔다. 하지만 마야는 남아 있었다.

바이는 사무실 텐트에서 나와 피그와 무스에게 인사를 한 뒤, 늘 그렇듯 분주히 트럭 뒤 화물칸의 물건들을 내렸다. 마야는 채소 자루를 받아든 뒤 캠프장으로 향했다.

"정말 이 여자아이가 몇 주 전에 여기 남겨졌던 아이 맞아?"

무스가 농담조로 말했다.

마야는 웃으며 고개를 끄덕였다.

"그럴 리가······. 이 여자애는 키도 더 크고 얼굴도 더 새까맣고 속보도 한다는데?"

"오라버니들, 제발 좀 놀리지 마세요. 좀 달라지긴 했지만 여전히 마야잖아요. 말 위에 오르니 자기 엄마처럼 얼마나 달리고 싶어하는지……."

"그러니까 네가 한 얘기가…… 사실이란 말이지, 마야?"

무스가 물었다.

"네, 당연하죠. 거짓말이 아니에요. 그렇죠, 바이 할머니?"

"이제 마야가 하는 말은 다 믿어도 돼요."

"근데 바이, 아르테미시아와 새끼가 여전히 강 근처에 있다고 생각해?"

피그가 물었다.

"잘 모르겠어요. 말몰이 동안 왜 무리에서 사라졌는지……. 한 번 잡혀본 경험이 있잖아요. 아마 헬리콥터 소리에 놀라 피했을 거예요. 몇 개월 전, 강 근처 공터에서 무리와 함께 있는 걸 봤어요. 주 서식지로부터 많이 벗어난 곳이지요. 아르테미시아는 지금도 그곳에 있을지 몰라요. 물론 전혀 다른 곳으로 갔을 수도 있고요."

"근데, 수말의 보호가 없으면 살아남기 힘들다면서요……. 지금은 말몰이로 인해 수말도 많지 않아요. 말들이 함께 있고 싶어할 텐데……. 가족과 떨어져 외톨이가 된 야생마가 세상에서 가장 불쌍한 것 같아요. 이리저리 헤매고 다닐 거잖아요. 그러다가 만약 무슨 일이라도 생기면……."

마야의 목소리에 쓸쓸함과 절망감이 묻어 있었다.

"걱정 마, 마야. 우리가 다시 데려오면 돼. 그리고 바이, 그 말엔 낙인이 찍혀 있으니까 법적으로는 네 것이잖아."

채소 자루를 바이에게 하나 더 건네주며 무스가 말했다.

"알아요. 하지만 다른 무리에 들어갔다면 그냥 야생으로 살게 내버려둘 거예요. 그게 아니라면 데리고 와야죠."

"좋아요! 여기로 데려왔으면 좋겠어요. 우리 점심 먹고 찾으러 가요. 제발이요."

마야가 보채자, 무스는 윈드 산맥을 바라보며 말했다.

"날씨가 허락한다면……."

갑자기 하늘이 검보라색으로 변하더니 번개와 천둥이 치고 비가 쏟아졌다. 모닥불 주위의 플라스틱 의자들을 부엌 텐트로 옮기곤 다들 쭈그리고 앉았다. 무스와 피그는 말에게 먹이를 주려고 서둘러 나갔다. 또 빗물에 잠겨가는 웅덩이를 위해 물꼬를 터주었다.

비는 잠시 그치는 듯했지만 결국 이틀 동안 내렸다. 마야는 페이톤과 수백 번의 카드게임을 했으며, 무스가 소리 내어 읽는 루이스 라무어의 소설을 강제로 들어야 했으며, 피그가 들려주는 와이오밍의 동식물에 관한 라틴어 이름을 귀에 딱지가

앉을 정도로 들어야만 했다. 마침내 마야는 부엌 텐트 안이 지겨워지기 시작했다.

마야는 바이가 밀린 일을 처리하고 있는 사무실 창으로 고개를 내밀었다.

"들어가도 돼요?"

"물론. 사실 네가 저 남자들과 얼마나 버티는지 궁금했단다."

마야는 정신없이 어질러져 있는 사무실 안을 둘러보았다. 바이는 접이식 의자에 앉아 있었다. 고급스런 광택지의 승마 잡지들이 바닥에 굴러다녔다. 텐트 벽에는 야생마들의 사진이 줄지어 핀으로 꽂혀 있었으며, 사진 테두리에는 말들의 이름이 휘갈겨져 있었다.

"도와드릴까요?"

마야가 물었다.

"이런 난장판을 정리해준다면 더할 나위 없이 고맙지. 그래, 먼저 저 상자들을 풀어주면 좋겠다. '예술가의 눈을 통한 토박이 말'이란 주제의 글을 잡지에 싣기 위해 쓰고 있어. 가을 학기를 위해 예술사 수업 강의 계획도 세워야 하고."

번쩍, 번개가 쳐, 텐트가 순간 환해졌다. 마야는 천둥이 멈추기를 기다리며 몇 초간 숨죽이고 있었다. 하지만 바이는 아랑곳하지 않고 일에 몰두했다. 마야는 크게 숨을 들이쉰 뒤, 상자를 풀기 시작했다. 그림책들을 하나하나 꺼내 손으로 책 표지를 쓰다듬으며 들여다봤다. 『존 싱어 사전트』, 『아르테미시아 헨틸레쉬』, 『올라프 셀처』, 『조지 캐틀린』, 『찰스 러셀』, 『엔. 씨. 와이어스』, 『메리 캐셋』…….

마야는 웃으며 텐트 벽에 걸린 사진들을 살폈다. 책 속에 나오는 이름들과 말의 사진들을 짝지어보았다. 얼굴에 흰 반점과 흰 다리를 가진 검은 수말의 사진을 들여다보며 말했다.

"바이 할머니, 이건 우리 아빠가 그린 말 같아요. 비슷하게 생겼어요."

"맞아. 레밍턴이야. 멋있지 않니? 몇 번이나 사전트의 무리에서 아르테미시아를 훔치려 했지. 하지만 한 번도 성공하지 못했어. 말들은 집념이 강해. 자신이 가지고 싶은 걸 기꺼이 얻어내려고 하지."

"사람처럼요?"

"그래, 하지만 사람들이 말을 닮았다고 하는 말이 맞을 것 같네. 사전트는 전사형이야. 원하는 걸 얻기 위해 주저 없이 싸우는. 레밍턴은 소극적으로 보이지만 그렇지도 않아. 접근 방식이 다를 뿐이지. 달려들기 전에 상대 수말이 경계 태세를 풀 때까지 기다리는, 한마디로 용의주도한 말이지. 요즘도 총각 말 몇 마리와 산등성이를 달리고 있는 걸 보면, 아직도 암말을 못 찾았나 봐. 여전히 아르테미시아를 연모하고 있다면 좋으련만……. 그러면 아르테미시아와 클리가 그의 보호를 받을 수가 있지."

바이는 일어서 기지개를 펴며 말했다.

"샌드위치를 좀 만들까 하는데, 너 배 안 고프니?"

마야는 고개를 저었다. 마야는 그동안 뒤죽박죽으로 꽂혀 있던 잡지들을 책등이 같은 방향을 향하도록 정리하여 깔끔하게 쌓아올렸다. 책은 제목의 알파벳순으로 정렬되어 있었으며, 리포트와 논문은 분량에 따라 정리되어 있었다. 마야는 바이를 돕는 동안 만족감으로 행복을 느꼈다. 자신도 모르게 콧노래를 부르고 있었다.

마야는 파일을 분류하면서 사진이 든 해진 봉투 하나를 발견했다. 내용물이 궁금해, 하던 일을 멈추고 땅바닥에 책상다리를 하고 앉아, 사진들을 일렬로 늘어놓았다. 울타리 난간 앞에서 팔짱을 끼고 있는 바이 할머니, 엄마와 무스 할아버지의 손을 잡고 목장을 걸어가는 네 살배기 마야, 현관 앞 흔들의자에 앉은 페이톤, 피그 할아버지의 무릎 위에 앉은 마야, 달랑 밧줄 하나를 두른 아르테미시아의 등 위에 앉은 엄마, 그리고 마야의 신발 상자에 든 사진과 똑같은 사진.

마야는 사진들을 긁어모아 재킷 속에 쑤셔 넣었다. 그리고는 비와 진흙탕을 헤치고 부엌 텐트로 달려갔다. 무스는 책을 읽고 있었으며, 피그와 페이톤은 체스를 두고 있었다. 마야는 사진을 무스에게 건네주며 말했다.

"아르테미시아 등 위의 밧줄은 뭐예요?"

무스는 사진을 자세히 들여다봤다.

"음……. '코만치 코일'이라는 거야. 대평원의 아메리카 원주민들이 안장이나 재갈 없이 말을 탈 때 쓰는 밧줄이지. 말의 몸에다 커다란 고리 모양으로 밧줄을 두르고 그냥 맨 등에 앉는 거야. 양 밧줄 밑으로 무릎을 끼운 뒤, 밧줄이 등성마루를 가로지르는 지점에다 손을 밀어 넣고 중심을 잡지. 아메리카 원주민들은 그 자세로 사냥도 하고 전쟁도 했어. 정말 대단한 말잡이들이었지."

피그가 체스 하나를 판 위에다 옮기며 말했다.

"네 엄마에게 그 밧줄에 관해 얘기해줬더니 당장 해볼 거라고 했어. 엘리는 겁이 없었거든."

"나랑 똑같네요?"

페이톤이 말했다.

"아니, 넌 도자기 상점에 들어간 황소 같지만 엘리는 영리했어. 신중하게 생각한 뒤 행동에 옮겼거든."

마야는 무스의 팔에 기대어 사진을 넘겼다. 무스는 아르테미시아를 타고 있는 엄마의 사진을 보곤 껄껄 웃었다.

"이 사진 기억나네. 엄마가 누구한테 손을 흔들며 웃고 있는지 아니?"

마야는 고개를 저었다.

"너야. 내가 너를 안고 있었거든. 그때 매 한 마리가 머리 위로 원을 그리며 날고 있었어. 네가 하늘을 가리키며 깔깔대며 자지러지니까, 그런 네 모습에 엄마가 웃기 시작했어. 놓치지 않고 바이 할머니가 찍은 거지."

마야는 마치 사진 속으로 들어가려는 듯, 사진을 뚫어져라 봤다.

'엄마가 날 향해 손을 흔들고 있었다고? 엄마를 저토록 웃게 만든 사람이 나라고?'

마야는 가슴속에서 기쁨의 씨앗이 싹트고 있음을 느꼈다.

마야는 살며시 빠져나와 텐트 창 덮개를 젖혔다. 비가 캠프장을 삼킬 듯 내리붓고 있었지만 마야의 시선은 비 너머로 뻗어나갔다. 마야는 상상 속에서 이미 아르테미시아와 클리를 축사로 데려오고 있었다. 아르테미시아에게 먹이를 주며 토닥거리고 수천 가지 시시껄렁한 이야기를 들려주곤, 엄마처럼 아르테미시아의 등 위로 올라탔다.

"언제 말들을 찾아 나설 건가요?"

마야가 물었다.

"비 오는 게 조금 누그러지면. 이제 그만 내렸으면 좋겠는데……."

무스가 말했다.

땅은 비로 흠뻑 젖어 있었고 강은 새로운 힘으로 넘실댔다. 마야는 오전에 말 타는 연습을 하고 할아버지들과 낚시를 다녀온 뒤, 페이톤과 함께 바이 할머니를 따라 아르테미시아와 클리를 찾아 먼 길을 떠났다. 옛 기찻길과 평행으로 달리고 있는 캘리포니아 개척 길을 따라 수 마일을 달려, '엘크혼 드로' 계곡까지 간 뒤, 다시 허니콤 산맥으로 돌아왔다. 소득 없이 캠프로 돌아왔지만 희망만은 잃지 않았다. 그러나 몇 주가 지난 뒤에는 다들 실망으로 가득 차 침울해졌다. 페이톤은 더 이상 따라나서길 원치 않았으며, 피그와 무스랑 머물러 있기를 더 좋아했다. 바이는 말의 휴식을 위해서라도 수색을 멈추어야 한다고 마야에게 말했다. 하지만 마야는 결코 희망을 접지 않았다. 매일 밤 잠들기 전, 까만색 장난감 말을 꺼내 머리 위로 날리며 속삭였다.

"아르테미시아, 걱정 마. 내가 너한테 가고 있으니……."

전력 질주

이리 와, 아르테미시아!

마야는 버드나무 사이로 아름드리나무의 장작을 나르며 스위트워터 강의 아침 소리를 감상하고 있었다.

'세이지 개똥지빠귀'가 날아오르며 지저귀는 소리, 부엌 텐트 안에서 나지막이 들려오는 달그락거리는 소리, 모닥불 위 커피포트에서 물이 뽀글뽀글 끓는 소리, 축사에서 새어 나오는 부드러운 말들의 울음소리. 바로 그때 사람이 우는 소리가 함께 들렸다.

마야는 장작을 내려놓고 캠프장으로 달려갔다. 페이톤이 고통스럽게 신음하며 나뒹굴고 있었다. 입에서 피가 흘러내려 바이는 휴지 뭉치로 흐르는 피를 막았다.

"너 또 뒤로 달리고 있었지?"

바이가 다그쳤다. 페이톤은 고개를 끄덕였다.

"그래서 발에 걸려 넘어졌고?"

다시 페이톤이 고개를 끄덕였다.

"마야, 트럭 열쇠를 찾아줄래? 페이톤을 치과에 데리고 가야겠다. 이가 빠졌네. 너도 같이 가면 좋겠지만, 네가 온종일 치과에 있고 싶어하진 않을 테니까."

"알았어요. 잘 다녀오세요. 장작 쌓는 일 끝내고 텐트도 쓸고, 무스 할아버지와 피그 할아버지께서 돌아오실 때까지 책 읽고 있을게요."

"그래, 고맙다. 할아버지들은 상점에서 마구랑 건초를 사고 오후 늦게야 돌아오실 거야. 치과에 가면 얼마나 걸릴지 모르겠구나. 그리고 오는 길에 목장에서 자고 올지도 몰라. 페이톤이 시내에서 하는 7월 4일 독립기념일 행사 퍼레이드를 보게 될 경우에. ……그럴 확률이 높아."

"와우!"

페이톤은 입을 막고 있는 휴지 뭉치 사이로 환호를 질렀다.

"마야, 오늘 늦게, 아님 내일 아침 일찍 보도록 하자. 그리고 참, 강물에는 들어가지 마. 비가 많이 와서 수심이 깊어졌어. 불쏘시개는 모아둬도 되지만 불을 붙여서는 안 돼. 말들은 축사에 그대로 두고 얌전히 있어야 한다."

"네, 알았어요."

마야는 조수석 창문으로 다가가, 페이톤을 보며 말했다.

"페이톤, 빨리 나아."

트럭이 떠나고 마야는 캠프장으로 돌아왔다. 캠프장에 혼자 머물러 있기는 처음이다. 바이 할머니가 자신을 믿고 모든 걸 맡겨두다니, 마야는 뿌듯했다. 장작을 쌓고 텐트를 쓸어내는 등, 하나하나 순서대로 정리해나갔다. 끝으로 티피를 열고 한숨 돌리려는 순간이었다. 베개 가운데에 페이톤이 수풀 속으로 던져버렸던 백갈색 장난감 말이 놓여 있었다. 조심스레 집어 들곤 손바닥 위에 소중하게 올렸다.

'어떻게 찾았지? 버드나무 수풀 속을 뒤지려면 끝도 없었을 텐데. 그리고 언제 페이톤이 내 티피로 들어와 이걸 두고 갔을까? 티피에서 급하게 나와 달려가다가 넘어져서 이를 다친 게 아닐까?'

마야는 장난감 말을 조끼 주머니에다 넣고 지퍼를 올렸다. 몇 번이나 티피를 쓸다가 멈추곤 주머니를 쓰다듬었다. 그리고 페이톤에게 어떻게 보답해야 할지 생각해보았다.

마야는 모닥불 근처에 앉아 바이의 그림 잡지를 넘겨 보고 있었다. 황금빛 독수리 한 마리가 마야의 시선을 끌었다. 독수리는 날개를 부채모양으로 펴곤 캠프장 위를 날고 있었다.

'그래, 페이톤이 깃털을 모으고 있었지!'

마야는 새 둥지의 위치를 알 수 있다면 땅에 떨어진 깃털 하나쯤은 찾을 수 있을 거라고 생각했다. 독수리는 바위 절벽 위쪽으로 비행하고 있었다. 마야는 망원경을 들고 바위 꼭대기로 올라갔다. 거기서는 몇 킬로미터 떨어진 곳도 볼 수가 있었다. 차분하게 독수리를 찾아 상하좌우로 렌즈를 움직여 초점을 맞춰가던 순간, 숨이 멎는 듯했다.

'아르테미시아!'

말은 두 개의 산 사이를 흐르는 강 저편에 있었다. 산허리엔 포플러 나무들이 점점이 흩어져 있었고, 그 아래의 풀밭은 강까지 이어져 있었다. 마야는 망원경을 내려놓고 캠프장을 봤다. 그리고 다시 아르테미시아를 봤다. '거리감'이라는 건 종종 사람을 속인다. 어쩌면 아르테미시아는 보이는 것보다 훨씬 더 멀리 있을지도 모른다. 저기까지 얼마나 걸릴까?

마야는 바이와 함께 말을 타고 바로 저 협곡을 가로질러 간 적이 있다. 산에서 내려와 얕은 강을 건넜다. 가까워 보이는 저곳을 건너는 데도 한 시간 이상이나 걸렸다. 하지만 아르테미시아는 더 멀리 있었다. 설령 다가갈 수 있다 하더라도 그 다음엔 어떻게 할까?

마야는 망원경을 다시 한 번 들여다보고는 바이에게 한 약속을 떠올렸다.

'그래, 누군가가 올 때까지 얌전히 기다려야 해. 아르테미시아가 계속 그곳에 머물러주기를 바라면서……. 그런데 만약 아르테미시아가 가버린다면? 그리고 클리는 어디에 있는 걸까? 만약 알아보러 나선다면 잘못하는 걸까? 바이 할머니가 만약 이런 절호의 기회를 맞이한다면? 그래! 할머니는 이해하실 거야. 어쩌면 내가 말들을 유인해올 수도 있고……. 그래, 캠프장으로 꾀어오는 거야. 그러면 바이 할머니도 엄청 놀라며 기뻐하시겠지.'

마야는 축사로 가서 당밀이 든 파란색 플라스틱 통을 찾았다. 야생마라면 당밀을 먹어본 적이 없어 반응이 신통찮겠지만, 아르테미시아는 리뮤다 말이 돼본 경험이 있어 그 달달함을 잊지 않고 있을 것이다. 바이 할머니는 가끔씩 사과까지 주며 아르테미시아의 기분을 맞춰줬다고 했으니, 사과 맛도 기억할 것이다. 아르테미시아를 보고 싶은 마음에 마야는 들떠 있었다. 다시 한 번 망원경을 들여다보며 바이의 말을 떠올렸다.

'엘리는 아르테미시아를 무척 사랑했지. 여기에 있는 동안 늘 타고 다녔어. 아르테미시아는 엘리와 뭔가로 연결된 것 같아. 그런 경우는 처음이야. 엘리가 떠났을 때 아르테미시아는 엘리를 그토록 애타게 기다렸지.'

"우리 엄마는 너를 사랑했어. 너도 우리 엄마를 사랑했고……."

마야는 입고 있는 옷을 보았다. 긴팔 셔츠에 조끼를 걸치고 있었다. 하지만 이곳의 변덕스러운 날씨는 어떻게 변할지 아무도 예상할 수 없다. 티피로 뛰어가 엄마의 재킷을 찾아냈다. 이어 셀처에게 마구를 씌우기 위해 축사로 달려갔다.

재킷을 안장 뒤에다 묶은 뒤, 당밀과 사과 세 개를 가방에 넣고 안장머리에 걸쳤다. 마구 선반 위에 놓인 굴레를 집어서 가방에 넣었다. 클리에게는 굴레가 필요하지 않을 것이다. 어미에게 굴레를 씌울 수 있다면, 새끼는 자연스레 어미를 따라올 것이기 때문이다. 마야는 셀처 위에 올랐다. 그리고 먼 길을 나섰다.

마야는 협곡의 정점 부근에서 잠시 쉰 뒤, 갈 길을 재촉했다.
"자, 착하지, 조심조심."
단층절벽에 위태롭게 난 좁은 길을 지그재그로 걸었다. 말이 가다가 머리를 숙여 관목들을 물거나, 바위 사이 냄새를 맡으며 갈 수 있도록 고삐를 느슨히 잡았다. 발아래엔 물을 가득 안은 강이 누워 있었다. 햇볕은 절벽머리의 그림자가 드리워져 사라져버렸다. 마야는 아득한 어둠으로 떨어질 것만 같은 불안감에 사로잡혔다.

마야는 강가에서 셸처에게 물을 먹이며 잠시 쉬었다. 산그늘에 공기가 차가웠다. 안장 뒤에 묶어두었던 재킷을 풀어서 입고는 얕은 강을 건너 건너편 둑으로 갔다. 우거진 숲을 뚫고 강과 나란히 나아갔다.

얼마나 갔을까? 궁금했다. 한나절도 더 지난 것 같았다. 하지만 캠프장에서 나와 말을 타고 가다 보면, 시간이 어떻게 흘러가는 줄 모른다고 바이가 말한 적이 있다.

마야와 셸처는 늘어선 버드나무 사이의 좁은 길을 천천히 걷고 있었다. 오후 햇살은 점점 사그라지고 있었다.

"조금만 더 가보자, 셸처. 너무 멀리가면 못 돌아올 수도 있을 테니, 조금만……."

큼직한 돌산 언저리를 지나, 막 골짜기로 접어들려는 순간 아르테미시아가 눈에 들어왔다. 마치 누군가를 기다리는 듯 초조히, 하지만 우아한 모습으로 서 있었다.

마야는 눈시울이 젖어들었고 목멘 소리로 말했다.

"날 기다리고 있었지? 아르테미시아."

마야는 셸처를 포플러 나무가 서 있는 풀밭 쪽으로 몰고 갔다. 셸처는 천천히 그리고 조심스런 걸음으로 고사된 나뭇등걸들을 피해 민첩하게 움직였다. 마야와 셸처가 다가가자, 아르테미시아는 좀 더 높은 곳으로 자리를 옮겼다.

"안녕, 아르테미시아. 난 마야라고 해. 도망가지 마. 우리 엄마…… 엘리를 기억하지?"

아르테미시아는 놀란 듯 몇 발짝 옆으로 가다가 움찔, 뒤로 물러났다.

"괜찮아, 걱정 마. 널 해치지 않아, 결코……."

마야는 말에서 내려 셸처의 고삐를 나뭇가지에다 걸었다. 마야는 나무들을 살펴보았다. 바람 한 점이 포플러 나뭇잎을 사르르 흔들어놓더니, 계곡 전체가 파르르 떨렸다. 마야는 떠올렸다. '포풀루스 트레물로이데스', 피그 할아버지가 가르쳐 준 떠는 포플러 나무의 라틴어 이름을.

히힝, 아르테미시아가 낮게 울었다.

"아르테미시아, 가까이서 보니 더 아름다워. 클리는 어디 있어? 네 귀염둥이 새끼 말이야."

마야는 찬찬히 숲 한쪽을 살펴보았다. 또 다른 숲과 경계가 되는 바위 절벽 쪽으로 고개를 돌리자, 백갈색 털 뭉텅이가 마야의 시선을 사로잡았다. 마음속에 떠오르는 불길한 예감을 애써 지우며, 조심조심 다가갔다. 무시무시한 퓨마의 발자국을 보았다. 마야는 몸서리쳤다. 어린 클리는 찢기어 피투성이가 되어 있었다. 퓨마는 먹잇감을 숨기려고 나뭇잎과 흙으로 가여운 얼굴을 반쯤 덮어 놓고 자리를 떠났다. 냄새가 코를 찔러 마야의 속이 뒤틀렸다. 마야는 나무 뒤로 기댄 채 배를 움켜쥐고 토했다. 몸을 일으키니, 흘러내린 눈물로 인해 눈이 따가웠다.

마야는 아르테미시아에게 다가갔다. 말은 마야를 뚫어지게 쳐다보더니, 커다란 머리를 아래로 떨어뜨렸다. 마야는 가슴에 손을 얹고 말했다.

"네 새끼가……."

마야는 숲 뒤편에서 어쩔 줄 몰라 이리저리 헤매고 있는 아르테미시아를 한참 동안 지켜보았다. 무리로부터 떨어져 나와, 결국 클리를 잃었다. 하지만 마야는 결코 어미를 새끼와 똑같은 운명을 맞이하게 내버려둘 수는 없었다.

마야는 캠프로 돌아가야 한다는 걸 알고 있었지만, 셀처 위로 올라타, 캔버스 가방을 안장머리에서 빼낸 뒤 가방 끈을 어깨에 둘러맸다. 손이 닿을 수 있게 가방을 허벅지 위쪽으로 늘어뜨려놓은 뒤, 셀처를 강 쪽으로 몰고 가, 한 줌의 먹이를 떨어뜨렸다. 그러고는 1미터 정도 앞으로 나아가다가, 아르테미시아를 유인하기 위해 멈춰 섰다.

"다 잘될 거야. 아르테미시아, 이리로 와."

확신을 주듯, 셀처가 '히잉' 하고 울었다. 아르테미시아도 답으로 울음소리를 냈다. 수년 전 리뮤다에서 함께 지냈던 셀처를 알아본 걸까? 아님, 누군가와 함께하고 싶은 마음이 너무나도 간절해 자연스레 반응한 걸까? 어쨌든 아르테미시아는 조금씩 앞으로 다가왔다.

마야는 아르테미시아에게서 눈을 떼지 않았다. 왜 엄마가 그토록 이 말을 사랑했는지 확실히 알 수가 있었다. 생동감 넘치는 울음에, 머리를 들 때 갈기를 흔드는 모습에, 형용하기 힘든 당당함이 보였다. 하지만 한편으론 연약해 보여, 보호와 사랑을 받기 위해 태어난 말 같았다.

마야는 하늘의 해를 봤다. 돌아가려면 서둘러야만 했다. 늦으면 바이 할머니, 그리고 이제는 페이톤까지 걱정할 것이다.

"날 따라와, 아르테미시아."

탈래탈래, 그들은 강둑 가까이에 닿았다.

갑자기 셀처가 원을 그리며 날뛰었다. 거세게 히힝, 울음을 울었다. 마야는 말을 진정시키고 주위를 둘러보았다. 하지만 말이 겁낼 만한 그 무엇도 발견하질 못했다.

세이지 그라우즈가 푸드덕, 수풀에서 날아올랐다. 솜꼬리 토끼 한 무리가 은신처에서 뛰쳐나왔다가, 어디로 가야 할지 몰라 어리둥절해하는 것 같았다. 까치는 급한 울음을 울며 포플러 나무 꼭대기로 솟아올랐다. 강둑 구멍에서 비버 한 마리가 모습을 드러내더니, 이내 물속으로 사라져버렸다. 마야는 아르테미시아를 힐끗 돌아봤다. 목을 활처럼 구부린 채, 귀를 뒤로 당기며 앞발로 땅을 긁고 있었다.

  마야는 셀처의 목을 만지며 토닥거려주었다. 숨을 크게 들이쉬며, 마음속의 불안을 눌렀다. 누가, 무엇이 동물들을 위협하고 있는 걸까?

지진

 땅이 흔들렸다. 셸처가 비틀거렸고 마야는 말 위에서 쿵덕거렸다.
 마야는 중심을 잡기 위해 안장의 가죽 부분을 움켜쥐려 했지만, 중심을 잃고 땅에 떨어져버렸다. 무거운 망원경이 마야의 가슴을 찧고, 사료가 든 가방이 등 위로 떨어졌다. 절벽 위에서 바위 하나가 풀밭으로 굴러떨어지고 있었다. 아르테미시아는 비명을 질렀다. 진동은 계속되고 마야는 흔들리는 땅을 손톱으로 움켜쥐고 있었다.
 지진이 멎었다. 마야는 숨을 몰아쉬었다. 마야는 셸처를 불렀지만 셸처는 나무둥치에 안장이 걸려 비명을 지르고 있었다.
 "워, 워 착하지……."

놀란 탓인지 셀처의 눈은 평소보다 더 커 보였으며 불룩 튀어나온 것 같았다. 셀처가 앞발을 들고 우뚝 서자, 나무둥치에 걸렸던 고삐가 뚝 끊어졌다. 말은 미친 듯이 달려, 언덕 위로 사라지고 말았다.

"셀처! 셀처!"

셀처를 쫓아가던 마야는 '우르르' 하고 기차가 달려오는 듯한 소리에 스위트워터 강 쪽으로 고개를 돌렸다. 강 아래 건너편 산에서 거대한 바위들과 흙더미가 쏟아져 내리고 있었다. 뿌리째 뽑힌 나무들과 몽우리돌, 흙덩이들이 강으로 떨어졌다. 진동과 굉음은 갈수록 커져갔으며, 태풍처럼 강한 바람마저 불어왔다. 한순간 마야는 공중으로 날아가는 느낌을 받았다. 다시 땅 위로 쿵, 떨어지자 몸에서 바람이 혹, 빠져나가는 듯했다. 마야는 숨이 차서 꼼짝도 못하고 누워 있었다. 손, 무릎, 다리……. 그중 가슴 쪽이 심하게 아팠다.

마야는 땅에 납작하게 엎드려 있는 아르테미시아를 봤다. 다행히 가까이 있었다. 아르테미시아는 엉킨 포플러 나뭇가지와 나무둥치 아래 깔려 있었다. 가쁜 숨을 몰아쉬느라, 말의 가슴이 불룩불룩 움직였다. 마야는 가까스로 기어가 말을 걸었다.

"아르테미시아, 이제 끝났어. 우린 괜찮을 거야."

말은 버둥거렸지만 나뭇더미를 밀쳐낼 수는 없었다. 마야는 아르테미시아의 머리 위로 다가가, 나뭇등걸과 나뭇가지들을 당겼다. 하지만 꿈쩍도 안 했다.

스위트워터 강은 산사태로 인해 점점 물이 차오르고 있었다. 마야는 일어나서, 있는 힘을 다해 아르테미시아의 가슴에 걸려 있는 나뭇가지들을 들어올렸다. 하나씩, 하나씩……. 그때 진흙더미가 밀려와 아르테미시아의 발굽 아래까지 강물의 물결이 튀었다.

"자, 어서, 아르테미시아!"

마야는 나뭇가지들을 걷어내고 작은 돌덩이들을 하나하나 들어냈다. 아르테미시아도 일어나려고 발버둥을 쳤다. 하지만 가로놓인 커다란 통나무 두 개가 문제였다. 마야는 조금씩, 조금씩 인내심을 갖고 통나무 끝을 움직였다. 그러기를 몇 분, 마침내 통나무에 손이 들어갈 수 있을 정도의 유격이 생겼다. 마야는 자신의 힘에 스스로 놀랐다. 마침내 아르테미시아는 몸을 움직일 수가 있었다. 고개를 들고 몸을 굴리니, 나무둥치들이 말 등 위에서 주르르 미끄러져 내려왔다. 마침내 비틀거리며 아르테미시아가 일어났다.

"자, 아르테미시아! 이쪽으로!"

마야는 숲 쪽으로 올라가며 말했다.

아르테미시아는 마야를 향해 조금씩 발을 뗐다. 강으로부터 넘실대는 물결이 다시 한 번 밀려왔다. 마야는 펄쩍, 뒤로 물러났지만 물결은 아르테미시아의 다리에 휘감겼다. 말은 비틀거리며 허둥대다가 진흙탕에 넘어지더니 곧바로 '히히잉!' 하고 비명을 질러댔다.

"넌 할 수 있어! 힘내!"

마야는 소리를 질렀다.

아르테미시아는 물에 젖은 털에 흙덩이들을 매단 채, 다시 일어났다.

아르테미시아가 마야를 따라 포플러 숲 위로 힘겹게 오르는 동안, 또 한 번의 여진이 있었다. 말은 옆으로 넘어져, 언덕 아래로 미끄러져 내려갔다. 마야는 무엇이라도 잡아야겠다는 생각에 몸을 나무 기둥을 향해 던졌다. 언덕 비탈에서 돌멩이들이 굴러떨어졌다. 마야는 몸을 돌리다가, 클리 위로 바위가 무너져 돌무덤이 만들어지는 것을 보았다. 땅은 또다시 흔들렸다. 똑바로 서 있으려 했지만, 하늘과 땅이 빙글빙글 돌았다. 마야는 끝내 암벽에 부딪히고 말았다.

마야는 신음 소리를 냈다. 팔, 다리, 머리……. 온몸이 쑤시고 욱신거렸다. 눈을 떴지만 흐릿해 잘 보이지가 않았다. 애써 눈꺼풀을 깜빡거리며 어른거리는 그림자가 뭔지 알아보려 애를 썼다. 그 옛날 할머니 집의 방 천장을 올려다보는 느낌이었다. 마야는 숨을 길게 들이마신 뒤, 눈을 찡그려 초점을 맞추었다. 어른거리던 것은 다름 아닌 늦은 오후 햇살이 비껴가는 나뭇잎이었다. 마음이 다급해졌다.

'셸처, 강, 포플러 숲……. 근데, 아르테미시아는?'

마야는 일어나 앉으려 했지만 머리가 아파 구역질까지 났다. 아픈 팔을 들어 돌려보다가, 재킷과 셔츠가 어깨에서 팔꿈치까지 찢겼음을 알았다. 그 아래로부터 피가 새어 나와, 옷의 안감을 적시고 있었다.

"아, 아르테미시아……."

마야는 조그마한 빛 뭉치를 봤다. 하지만 곧 모든 것이 사라지고 암흑이 되었다.

마야는 톡톡 치는 느낌에 깨어났다. 찡그린 눈으로 보니 얼룩덜룩한 모포 같은 게 널려 있었다. 눈을 더 크게 떴다. 아르테미시아였다. 꿈에서도 그리던……. 마야의 몸 가까이로 머리를 떨어뜨려, 갈기로 마야의 목을 간질이고 있었던 것이다. 해는 지고 없었다. 강물은 마야의 부츠까지 찰랑거렸다. 마야는 아르테미시아의 갈기에 손을 뻗었지만 말은 곧 뒤로 물러났다. 마야는 몸을 돌려 가까스로 손과 무릎을 짚고 일어설 수 있었다. 오른쪽 발이 쑤시고 부츠가 지나치게 조이는 느낌이 들었다. 마야는 흐느껴 울었다. 어지러워 또 구역질이 났다. 아르테미시아는 마야를 보고 좀 움직여보라는 듯, '히잉' 하고 울었다.

마야는 나무 기둥에 기대어 앉았다. 구역질이 가라앉을 때까지 그저 웅크리고 있었다. 아르테미시아는 숲 안쪽으로 걸어가다 멈춰 서서, 돌아보았다.

"나도 갈 거야."

마야가 말했다.

세상은 어떻게 되었을까? 마야는 심란한 마음으로 숲을 찬찬히 살폈다. 나무들은 강풍에 헐벗었으며, 계곡은 온통 나뭇잎으로 덮여 있었다. 벌거벗은 흰 포플러 나무 기둥은 케이크 위에 마구 꽂아둔 양초처럼 기울어져 있었다.

강으로부터 가까이 있는 풀밭은 마치 비질을 한 듯, 깨끗하게 쓸려나가 있었고, 계곡 위 모래언덕엔 나뭇잎들이 두툼하게 쌓여 있었다.

마야는 절뚝거리며 쓰러진 나무둥치들을 넘어, 언덕 위로 올라갔다. 나무 기둥 사이에 움푹 파인 곳을 발견하곤 주저앉았다. 썩은 낙엽, 떨어진 나뭇잎들을 닥치는 대로 끌어다가 바닥에다 깔았다. 제법 푹신했다. 캔버스 가방과 망원경을 내려놓고선, 부츠를 벗으려고 당겨봤지만 발이 너무 아파 그만두었다. 한기가 들어 머리에 재킷 후드를 쓰고, 두 다리 위로 나뭇잎들을 덮었다.

"아르테미시아, 제발 내 곁에 있어줘……!"

하늘은 이미 어두워져 있었다. 눈을 가늘게 뜨고 숲을 살폈으나, 아르테미시아는 보이지 않았다. 재킷에 손을 넣어 조끼의 지퍼를 연 뒤, 백갈색 장난감 말을 꺼냈다.

"아르테미시아, 어디 있어……?"

마야는 말 울음소리를 들으려 귀를 기울였지만, 들리지 않았다. 그 대신 사각거리는 소리가 들려왔다. 마야는 몸을 움츠렸다. 나뭇가지를 잡고 들쥐나 생쥐가 오지 못하도록 다리 주위를 탁탁 쳤다.

'지퍼가 달린 티피라면 얼마나 좋을까!'

지친 마야는 마침내 엎드린 자세로 누웠다.

조난

동이 트기 전 어둑어둑한 시간에 마야는 욱신거리는 발의 통증 때문에 잠에서 깼다.

하늘은 여전히 검었으며 숲은 조용했다. 마야는 일어나 앉아 나무 사이를 훑어보았다. 풀을 뜯고 있는 아르테미시아가 눈에 들어왔다.

"거기 있었구나……."

아르테미시아는 마야를 힐끔 쳐다본 뒤, 다시 고개를 돌려 풀을 뜯었다. 그러나 마야의 안도는 잠시뿐 다시 고통이 시작됐다. 누군가 오른발을 죔쇠로 꽉 조이는 것 같았다. 팔의 상처는 이제 분홍빛 진물을 내고 있었다. 이렇게 이른 아침에는 강물도 얼음장 같을 것이다. 상처를 씻어야 하건만 너무나 추웠다. 무릎 위로 잎을 긁어모으며, 하늘이 밝아오는 것을 지켜보았다. 걱정이 터진 봇물처럼 밀려왔다. 바이 할머니와 페이톤은 무사할까? 무스 할아버지와 피그 할아버지는? 지진 중에 다들 어디에 계셨을까? 캠프장에? 트레일러에 건초를 싣고 오던 중? 혹시 도로 밖으로 탈선했을지도……. 충돌 사고가 났으면……. 셀처와 골리는 어떻게 되었을까? 다들 나에게 무슨 일이 일어났다고 생각할까?

해는 떠오르고 조금씩 주위가 따뜻해져왔다. 마야는 나뭇가지로 지팡이를 만들어 강까지 몸을 끌면서 갔다. 엎드려 오랫동안 물을 들이켜고 통나무에 앉아 재킷과 조끼를 벗었다. 상처 난 곳에 천이 말라붙어 옷을 벗기가 조심스러웠으며, 셔츠를 벗을 때는 온몸이 오그라드는 듯했다. 왼쪽 부츠와 양말을 벗고 청바지에서 왼쪽 다리를 빼냈다. 오른쪽 부츠와 양말을 신은 채, 바위로 둘러싸인 야트막한 물에다 몸을 낮추었다. 부츠가 물에 잠겼다. 차가운, 하지만 부드러운 물이 발가락에 닿았다. 고통이 가시는 듯했다. 발이 푹 젖도록 내버려뒀다.

마야는 아르테미시아가 강 쪽으로 다가오는 걸 봤다. 그 우아하던 말이 느릿느릿, 뻣뻣하게 걷는 모습이 안돼 보였다. 아르테미시아는 마야와 열두 걸음 정도 떨어져 멈춰 섰다.

"너도 멍이 들어 아프겠지. 우리 모두 빨리 나아야 할 텐데……. 우선 이 부츠부터 벗어야겠다. 너무 조이니까."

발꿈치와 발가락 쪽을 잡고 당기니, 오른발이 빽, 소리를 내며 빠졌다. 마야는 아픔에 비명을 질렀다. 순간 마야의 비명 소리에 아르테미시아의 귀가 움찔거렸다. 젖은 청바지를 내리고 양말을 벗었다. 거무칙칙하게 멍이 든 탈골된 발목을 보자, 다시 메스꺼워졌다. 숨을 깊게 들이마시며 속을 달랬다.

"생각보다 심하네……. 부러졌나 봐."

부츠를 벗으니 발목이 마치 풍선처럼 부풀어 올랐다.

"괜히 부츠를 벗었나 봐……."

그때 아르테미시아가 숲으로 돌아가려 움직였다.

"가지 마, 제발. 내 곁에 있어줘."

신기하게도 아르테미시아는 마야의 말을 알아들었는지 발걸음을 멈췄다.

마야는 상처 난 팔을 물에 담갔다. 어찌나 따가운지, '악!' 하고 이를 악물 수밖에 없었다. 훅, 숨을 들이마시고 여러 차례 물을 끼얹었다. 마지막에는 옷도 헹궜다.

몸을 질질 끌며 포플러 숲으로 돌아가, 바위 위에 옷을 널었다.

"날 봐, 아르테미시아. 난 지금 달랑 속옷만 입고 밖에 나와 있어. 공개된 곳은 아니지만……. 할머니께서 보셨다면 아마 꼴사납다고 하셨을 거야."

아르테미시아는 마야와 등거리를 유지하며 풀을 뜯고 있었다. 마야는 아르테미시아가 자신을 바라보거나, 자신의 목소리에 귀 기울이기 위해, 가까이 다가오고 있음을 눈치챘다.

"아르테미시아, 내가 어디 있는지 아무도 몰라. 너 말고는 말이야. 사람들이 날 찾아올 거라고 생각하니? 그랬으면 좋겠다. 난 지금 걷지도 못하니……. 만약 사람들이 오지 않는다면 네가 날 도와줄 수 있어? 여기서 내가 빠져나갈 수 있도록 말이야. 난 네가 날 믿었으면 좋겠어……. 그럼 집에도 갈 수 있고……. 설령 사람들이 오지 않는다고 해도 말이야."

마야는 한숨을 쉬었다. 손수건의 한쪽 끝을 입에 물고선 팔의 상처 부위를 감쌌다. 다 마른 옷을 입고, 사과 하나를 꺼내 먹었다. 그다음에 아르테미시아에게 줄 당밀 한 줌을 꺼냈다. 포플러 숲에는 말이 좋아할 풀들이 많았지만, 당밀이 아르테미시아를 유혹해주길 바랐다.

마야는 지퍼를 올리고 후드의 끈을 조인 뒤, 나뭇잎 속으로 파고들었다. 걱정을 가득 안고 누워, 하늘이 어둑어둑해지는 것을 지켜보았다. 캠프장에 도착하던 날 바이 할머니께서 한 말이 기억났다.

'마야, 그만 봐. 하늘이 널 삼키겠어.'

정말 하늘이 자신을 집어삼킬 수 있을지, 그냥 온데간데없이 자기가 사라질 수 있을지, 마야는 궁금했다. 하얀 점 하나가 나타났다. 그리고 또 하나, 또 하나……. 마침내 천국이 펼쳐졌다. 어두운 밤의 장막을 가로질러 홀연히 은하수가 나타난 것이다. 너무나 조밀한 별들 때문에 어둠은 고개를 내밀 틈도 찾지 못했다. 마야는 넋을 잃고 거대한 하늘을 바라보았다.

'누가 어떻게 나를 찾을 수 있겠어, 이 거대한 자연 속에서…….'

다음 날 아침, 마야는 전날 밤에 내놓은 당밀이 사라지고 없음을 알았다. 아르테미시아는 마야의 잠자리 가까이서 풀을 뜯고 있었다. 마야가 팔과 발목의 상처를 씻기 위해 강까지 느리고 아주 고통스런 발걸음을 떼는 동안 아르테미시아도 따라 이동을 했다. 하지만 여전히 아르테미시아는 마야의 손이 닿지 않을 정도의 거리를 유지했다.

지난날 목욕을 했던 웅덩이는 더욱 깊어져 주위를 둘러싸고 있던 바위들이 물에 잠겨 있었다. 지난밤에 불어난 물로 두 마리의 숭어가 웅덩이 안에서 헤엄치고 있었다. 웅덩이는 할머니의 집 욕조보다도 작았다. 쉽게 안으로 들어가 조끼를 이용해 물고기를 밖으로 들어냈다. 하지만 어떻게 익혀 먹을 수 있단 말인가? 마야는 굶주린 배를 움켜쥐었다. 다시 숭어를 웅덩이에다 넣어두곤 불을 피울 수 있는 방법에 관해 고심했다.

마야는 포플러 숲으로 돌아와 망원경의 렌즈 하나를 풀었다. 돌 조각을 주워서 둥글게 담을 쌓은 뒤, 나뭇잎 더미 위에 잔가지를 올렸다. 할머니 집 건너에 살던 사내아이들이 돋보기로 나뭇잎을 태우던 걸 본 적이 있다. 과연 효과가 있을까? 나뭇잎에 또렷하고도 밝은 점이 나타날 때까지 렌즈를 올렸다가 내렸다. 얼마나 걸릴까? 몇 초 뒤, 머리카락처럼 가느다란 연기가 일어났다. 마야는 신이 나서 손뼉을 쳤다. 하지만 그 바람에 불씨가 꺼져버렸다. 다시 렌즈를 맞췄다. 또 한 번 연기가 실처럼 피어올랐다. 그 후 한 시간 동안 가느다란 연기만 피어올랐지, 불꽃은 일어나질 않았다. 하지만 저녁식사로 생선을 먹을 수 있다는 생각에 위장은 경련을 일으켰다. 마침내 오렌지빛 불기운이 돌았다.

"어서, 제발……."

하지만 불쏘시개에 불이 옮겨붙지는 않았다. 수십 번의 시도 끝에 마야의 결심은 무너졌다. 지친 마야는 불 피우기를 단념하고 두 번째 사과를 먹었다. 먹고 난 뒤에도 여전히 허기가 져, 마지막 남은 사과까지 먹어버렸다. 밤하늘에는 또다시 별들의 장관이 펼쳐지기 시작했다. 마야는 당밀 한 줌을 발 가까이에 두었다. 이제 아르테미시아는 마야가 잠들기를 기다리지 않았다. 곧바로 걸어와선 오물오물 당밀을 씹어 먹었다. 마야는 나긋나긋한 목소리로 말을 걸었다.

"너, 그 노래 아니? 나 어릴 때 불렀던 별에 대한 노래……. 반짝, 반짝, 작은 별……."

아르테미시아가 히힝, 부드럽게 울었다.

"그래, 네 말이 맞아, 아르테미시아. 내가 잘못 불렀어. 원래는 이렇게 부르지."

엘리, 엘리, 엘리, 엘리…….
엘리, 엘리, 엘리, 엘리…….

특별한 저녁 식사

아침이 되었다. 마야는 이불처럼 덮고 있던 나뭇잎들을 젖히곤 아르테미시아를 불렀다.

"아르테미시아, 너 거기 있니?"

마야는 강을 향해 느린 구보로 가고 있는 아르테미시아를 보았다. 안심이 되었다. 옷에 묻은 나뭇잎들을 쓸어내며 중얼거렸다.

"3일이나 지났는데 아무도 찾으러 오지 않네. 다들 내가 죽었다고 생각하는 걸까?"

앵앵, 모기떼가 덤벼들어 슬픔을 느낄 새도 없었다. 한 마리, 또 한 마리 죽여봤지만 소용이 없었다. 재킷의 후드를 얼굴까지 올려 꽉 매었지만, 손과 양말을 신을 수 없을 정도로 다친 발, 그리고 보드라운 뺨은 어쩔 수가 없었다.

마야는 강으로 다가갔다. 아르테미시아는 물속에서 다리를 하늘로 향해 들고선 구르더니, 강둑 위로 올라가 흙과 풀 위에서 뒹굴었다. 벌떡 일어선 모습은 마치 빵가루를 묻힌 치킨커틀릿처럼 보였다.

"그래, 알았다. 바로 그거야. 그게 바로 말들이 파리와 모기를 쫓는 방법이지. 나도 해봐야겠다."

강물에 손과 발, 얼굴을 씻은 뒤 재킷으로 몸을 감싸고 뺨, 손등, 발에 진흙을 칠했다. 잠시 효과가 있는 듯하더니, 여전히 모기들이 맴돌며 앵앵거렸다. 마침내 청바지를 뚫고 물기까지 했다. 마야는 오후 내내 모기를 잡으며 앉아 있었다.

해 질 녘, 굶주린 탓에 마야는 거의 탈진 상태에 이르렀다. 마야가 캔버스 가방을 당기자, 아르테미시아가 가까이 다가왔다. 마야는 손으로 당밀 한 줌을 퍼서 발 가까이에 놓았다. 순간 자신도 먹고 싶다는 생각이 들었다. 배에서 꼬르륵 소리가 났다. 사료는 오트밀과 풀, 그리고 당밀로 되어 있었다. 사람에게도 해롭지는 않을 것이다. 두 손가락으로 집어, 입으로 가져갔다. 잘게 썬 마분지 조각을 넣은 오트밀 맛으로, 나쁘진 않았다. 마야는 며칠 만에 빈속을 달래고 누웠다. 그렇게 잠이 또 찾아왔다.

마야는 악몽에 시달렸다. 하얀 탑 안에서 할머니는 자신의 입을 비누로 씻으려 했다. 마야는 창문 밖으로 뛰어내리다가 넘어졌다. 세월은 빠르게 흘러갔고 산쑥 평원을 달리고 있는 자신을 발견했다. 헬리콥터가 나타나 마야를 그물 덫으로 잡으려 했다. 마야는 비틀거리다가 넘어지고 말았다. 퓨마가 다가오건만 일어날 수가 없었다. 비명을 질렀다. 아빠와 엄마가 청록색 수영장을 통해 자신을 구하러 헤엄쳐오지만, 아무리 팔다리를 움직여도 앞으로 나아가지 않았다. 마야는 도와달라고 소리쳤다. 하지만 아빠와 엄마의 손은 마야에게 닿을 수가 없었다.

마야는 다음 날 강으로 가기가 더더욱 힘들었다. 서 있기만 해도 발의 통증이 다리를 타고 올라왔다. 이번에는 지팡이로도 못 가, 상처 때문에 펴지도 못하는 다리 밑에 재킷을 끼고 선, 몸을 땅바닥에 질질 끌며 강으로 향했다.

아침 내내 마야는 숲의 정상에서 풀을 뜯고 있는 아르테미시아를 지켜보았다. 말은 절벽 가까이서 오갔다. 마야는 말의 이름을 가끔씩 불러주었다. 그러면 말은 답을 하듯, 고개를 들어주곤 했다. 해가 머리 위로 솟아오를 쯤, 말은 언덕 너머로 사라져버렸다.

"아르테미시아?"

마야는 말이 넘어간 지점을 쳐다보며 하염없이 이름을 되불렀다. 아르테미시아의 흔적은 어디에도 없었다. 마야의 커다란 눈망울에서 눈물이 뚝뚝, 떨어지기 시작했다.

몇 시간 후, 아르테미시아가 다시 나타날 때까지 마야의 눈은 눈물로 가득 차 있었다. 말은 마치 어디에도 가지 않았다는 듯, 숲으로 돌아왔다. 주위를 살피고는 바위 절벽 위 근처에 멈춰 서서, 긴 소변을 보았다.

"아! 아르테미시아! 네가 돌아와서 정말 기뻐. 네게 해줄 말도 많고, 물어볼 말도 많고……. 난 네가 필요해, 다시는 떠나지 마. 아르테미시아, 봐! 내가 불을 피웠어. 이번엔 정말 마른 잎으로 했어. 아무래도 안 될 것 같았는데, 드디어 해냈어. 작은 불이지만 충분해. 큰불도 이렇게 작은 불씨로부터 시작하는 거야. 난 지금 생선을 굽고 있어. 할머니께서는 말도 안 되는 일이라 하시겠지만, 그리고 좋아하시지도 않겠지만……. 우리 엄마는 아마도 나를 자랑스러워하실 거야. 너도 그렇게 생각하지? 내가 자랑스럽지?"

아르테미시아는 잠시 멈춰 서서, 마야를 쳐다보고는 머리를 흔들며 푸르릉, 입김을 불었다.

"너 기억하니, 아르테미시아? 엄마는 단지 할머니가 용납하지 않는다는 이유로…… 포기하지 않았어. 그리고…… 우리 아빠도 그랬고. 난…… 난……, 우리 부모님이 자랑스러워."

마야는 물고기가 꼬치에서 쑥 빠지자, 익었다는 것을 알았다. 평평한 바위 위에 구운 생선을 올리고 손가락으로 살점을 뜯어 먹었다. 가방에 손을 넣어 당밀 한 줌을 퍼서 꺼져가는 모닥불 근처에다 놓았다. 아르테미시아가 다가와 코를 벌렁거리며 한 줌 소복한 당밀을 먹었다. 마야가 손을 뻗으면 말의 목을 만질 수도 있을 것이다. 하지만 말이 멀리 달아날까 봐, 마야는 물러나 있었다.

"너랑 함께 저녁 식사를 하게 돼서, 정말 행복해."

마야는 최대한 말의 귀 가까이에 대고 속삭였다.

아르테미시아의 등에 오르다

 마야는 포플러 숲에서 며칠이나 있었는지, 시간 감각을 잃어버렸다.
 5, 6일쯤 지났을까? 아니면 더 되는 걸까? 땅바닥에다 막대기로 표시를 해가며 보낸 날들을 되짚어보았다. 지진이 난 날, 강에서 몸을 적신 날, 숭어를 발견한 날, 모기떼와 한판 전쟁을 치른 날, 첫 번째 숭어를 익혀 먹은 날, 그리고 어제 두 번째 숭어를 먹었으니……. 일주일 내내 포플러 숲에 있었다는 말이었다.
 웅덩이에는 더 이상 물고기가 없었다. 세찬 바람에 불을 지피지 못했지만 모기가 달려들지는 않아, 나쁘진 않았다.
 오후에는 하늘이 어두워졌다. 너무나 추워 상처 부위를 물에 담글 수도 없었다. 팔을 움직이기가 힘들었다.

아르테미시아는 풀을 뜯다가 잠시 자리에 누웠다. 햇볕을 쬐려는 걸까? 낮잠을 자려는 걸까? 아마도 오늘은 둘 다 쉬어야만 하는 날인 것 같았다. 마야는 몸에서 열이 나고 머리가 흔들리며 몽롱해져, 나뭇등걸에 기대었다. 온몸이 쑤셔 일어날 힘도, 의욕도 생기지 않았다.

아르테미시아는 한참 뒤에야 일어나 강으로 갔다. 몇 번이고 마야를 돌아보며 따라오라는 듯, 나지막이 울었다.

"난 못 가······. 너 혼자 가야 해······."

짙은 구름이 밤하늘을 덮어 별과 달이 지워져버렸다.

"오늘 밤은 아주, 아주 어둡겠어. 아르테미시아, 가까이 있어줘."

자정과 새벽 사이, 비몽사몽간에 마야는 신생아의 울음 같은 소리에 잠에서 깼다. 소리는 날카롭게 골짜기를 타고 넘어갔다.

아르테미시아는 히힝, 콧바람을 불어대며 고음의 비명을 질렀다. 마야는 용수철처럼 발딱 일어나 앉았다. 두 눈을 최대한 크게 뜨고 암흑 속을 살폈다. 흥분한 퓨마의 길고도 긴 울음이 들려왔다. 거칠고도 날카로운 비명, 바위를 긁는 발톱 소리,

삐걱대는 말발굽 소리, 색색거리는 소리, '쿵' 하고 땅에 박히는 소리, 연이어 들리는 따각 따각 말발굽 소리, 그리고 말의 비명…….

갑자기 시작된 소동은 순식간에 끝났다. 그리고 정적…….

퓨마일 것이다.

"아르테미시아, 무사해야 해."

마야는 숨을 죽였다. 심장이 방망이질 쳤다. 나뭇가지 하나가 뚝, 끊어지는 소리를 냈다. 마야는 소리가 나는 방향으로 얼굴을 돌렸다. 뭔가가 숲 속을 가로질러 뛰어오르자, 다시 나뭇잎들이 바스락거렸다. 소리는 점점 크게 들렸다. 마야는 왼쪽 무릎을 당겨 팔로 감싸곤, 머리를 묻었다. 그리고 눈을 감았다.

바람이 그쳤다. 그동안 구름이 자리를 옮겨 반 조각의 달이 얼굴을 내밀고 있었다. 천천히 머리를 드니, 수상한 형체가 번뜩였다. 팔다리가 없는 유령처럼, 기묘한 모양의 흰 조각들이 덩어리를 이루며 마야의 눈앞에 떠다녔다. 마야는 눈을 비볐다. 마침내 부드러운 말의 울음과 호흡을 듣고, 느낄 수 있었다. 마야는 목소리를 떨며 속삭였다.

"유령 말……?"

마야는 두렵지 않았다. 유령 말에겐 왠지 마음을 가라앉혀

주는 뭔가가 있다. 우아한 몸짓은 마치 최면을 걸듯, 마야로 하여금 엄마 품에 안긴 아기 같은 느낌을 들게 했다.

말이 가까이 다가올수록 흰 부분이 점점 커졌다. 몸 전체가 드러나자, 마야는 황홀감에 젖었다. 이제 손을 뻗어 말의 아랫배를 만질 수 있을 정도로 둘 사이의 간격이 좁혀졌다.

"너였구나."

마야가 속삭였다.

아르테미시아는 히힝, 친근한 울음으로 답했다.

"퓨마가 다시 돌아온 거였지? 클리를 찾지 못해서 너를 쫓은 걸 거야. 아님 나를 쫓았던지……. 퓨마는 남겨둔 먹일 찾기 위해 반드시 돌아온다고 페이톤이 말했어. ……우리 이제 여기를 떠나야겠다."

아르테미시아는 머리를 숙여, 마야의 얼굴에다 코를 비벼댔다. 갈기가 마야의 볼을 간질였다. 마야는 손을 뻗어 아르테미시아의 머리와 목을 토닥여주었다.

"고마워, 아르테미시아."

밤새 아르테미시아는 자지 않고 마야를 지켰다. 이따금씩 마야가 뒤척이고 훌쩍거릴 때면, 말은 살짝 코를 킁킁거렸다. 마야가 안전한지 확인하려는 듯…….

"상태가 안 좋아, 아르테미시아."

마야는 재킷을 벗었다. 셔츠 소매로부터 힘겹게 팔을 뺀 뒤, 묶어두었던 손수건을 풀었다. 상처에서 고름이 줄줄 흘러내렸다.

"팔이 발목보다 더 심한 것 같네."

마야의 얼굴은 열로 인해 벌겋게 달아올랐다. 마야는 걱정스런 눈빛으로 말을 바라보며 말했다.

"아르테미시아, 나, 지금 상태가 안 좋아……. 온몸이 쑤시고 아파."

마야는 간신히 손가락으로 두어 번 당밀을 집어 먹었다. 마지막 한 줌을 아르테미시아에게 내밀었다. 말은 마야가 내민 손바닥 위의 당밀을 코를 벌름거리며 맛있게 먹었다. 마야는 아르테미시아를 올려다보며 땅에서부터 말의 등까지의 간격을 가늠해보았다. 다친 다리와 팔로 혼자 올라탈 수 있을까? 맨 등 위에 올라앉는다 해도, 등자 없이는 아픔을 견뎌내기가 힘들 것 같았다. 그리고 만약 미끄러져 떨어져버리면 어떡할까?

"맞아, 아르테미시아. 그 옛날 엄마가 코만치 코일로 너의 맨 등 위에 올라탔던 걸 기억해? 내게도 그렇게 해줘. 물론, 엄마에게 두려움 따위는 없었겠지만……. 아르테미시아, 난 사실 너무나 무서워. 네가 두 발로 벌떡 서버릴까 봐 두렵고……. 길을 잃고 바이 할머니, 피그 할아버지, 무스 할아버지 그리고 페이톤을 다시 못 보게 될까 봐 두렵고."

　마야는 덜덜 떨면서 캔버스 가방에 매달린 끈들과 재킷 아랫단의 끈, 그리고 망원경에 달린 가죽 줄을 떼어내 길게 연결했다. 재킷을 땅바닥에 펼치곤 소매를 뺀 몸통 부분을 돌돌 말아 끈으로 묶은 뒤, 한쪽 다리로 겨우 일어나 조심스럽게 말의 등성마루에다 재킷을 올렸다. 두 소매를 각각 아르테미시아의 몸통 위로 드리워지게 했다. 그리곤 말이 앞발을 들고 껑충 뛰어오르는지, 잠시 지켜보았다. 말은 조용히 서서, 마야를 향해 고개를 돌리며 마치 이렇게 중얼거리는 것 같았다.

　'걱정 마, 내가 기억하고 있으니…….'

　마야는 재빨리 말의 몸통 아래로 가서 한쪽 끈을 당겨 다른 쪽에다 묶었다. 고리 아래에다 손을 들이밀곤 살짝 잡아당겼다. 깨금발로 깡충 뛰며 나뭇등걸 옆으로 말을 몰고 갔다.

　"워워, 자 이제 됐어. 아르테미시아, 움직이지 마."

　왼발로 나뭇등걸 위에 서서, 왼팔로 말의 등을 껴안곤 몸을 들어 올려 오른쪽 다리를 끌어왔다. 마침내 마야는 말의 등 위에 걸터앉을 수 있게 되었다. 하지만 다친 오른쪽 발목의 통증이 너무나 심했으며, 힘이 빠지고 어지러워 아르테미시아의 목에 머리를 기댄 채, 현기증이 사라지기를 기다렸다.

아르테미시아가 움직이기 시작했다.

"워, 워 제발……, 아직은 아니야. 무릎을 고리 밑에 끼워야 해."

왼쪽 다리는 쉽게 끼울 수가 있었다. 오른쪽 다리를 굽히려 하자, 참을 수 없는 통증이 아픈 발에서부터 가슴까지 올라왔다. 숨을 크게 들이마신 뒤, 무릎을 앞으로 밀어 넣었다. 일단 고리에 무릎이 고정되자, 발의 통증이 훨씬 덜했다. 등성마루 위, 돌돌 만 재킷 아래에다 손을 넣었다.

"이제 됐어, 아르테미시아."

마야는 쯔쯔, 혀를 찼다. 아르테미시아는 포플러 숲의 정상을 향해 발을 내딛었다. 마야는 문득 뒤를 돌아봤다. 자신이 머물렀던 작은 캠프……. 차갑게 식은 재를 둥글게 둘러싸고 있는 돌들, 한 줌도 안 되는 생선 뼈들, 나뭇잎 이부자리 위에 던져진 끈 빠진 망원경, 그리고 클리가 영원히 잠들어 있는 돌무덤. 마야는 미소와 함께 눈물을 흘렸다. 떠나감과 남겨짐으로 인해…….

강을 건너 가족에게로

　말의 맨 등에 오른 마야는 걸음마다 불룩거리는 아르테미시아의 근육을 느낄 수가 있었다.
　처음엔 몸이 심하게 흔들려 땅으로 떨어질 것만 같았다. 하지만 곧 청바지의 천이, 특히 다리 안쪽과 엉덩이 부분이, 말이 흘리는 땀으로 인해 말 등에 밀착되었다. 위험한 절벽을 아슬아슬하게 건널 때, 마야는 현기증을 느꼈지만 아르테미시아는 아주 조심스럽게 그리고 민첩하게 지나갔다. 마야가 고통스런 신음을 뱉으면, 아르테미시아는 걱정스러운지 멈춰 서서 마야를 보았다.
　포플러 숲 꼭대기에 이르러, 마야는 강 아래를 주시했다. 홍수로 인해 스위트워터 강의 강둑은 보이지 않았으며, 버드나무 숲은 반 이상 잠겨 있었다. 아침 내내 이류*와 넘치는 물살을 피하기 위해서는 가능한 많이 강 상류 쪽으로 올라와야 했기에, 나중에는 그만큼 반대쪽으로 다시 내려가야만 했다. 마야의 몸은 불덩이 같았다. 거의 혼수상태에서 고개를 아래위로 까닥이며, 꾸벅꾸벅 졸았다. 하지만 멀리서 들려오는 말 울음소리에 정신이 번쩍 들었다. 누가 찾아오고 있는 걸까?

"무스 할아버지! 피그 할아버지! 바이 할머니!"

마야는 있는 힘을 다해 소리쳤지만 메아리만 돌아올 뿐, 아무도 없었다. 잠시 뒤, 말 한 마리가 마야의 눈에 들어왔다. 얼굴과 다리에 흰 점을 지닌 검은 수말이 맞은편 산마루에서 아르테미시아를 부르고 있었다. 아르테미시아 역시 답으로 고개를 들고선 히이잉, 나지막이 울어주었다.

"레밍턴일 거야······."

마야는 '레밍턴' 하고 불러보았다. 저 수말이 아르테미시아를 꾀어내려는 걸까? 레밍턴은 그들과 등거리를 유지하려 했지만, 마야는 아르테미시아에게 갈 길이 멀다며 속보를 요구했다.

"난 네가 필요해, 아르테미시아······. 강도 건너야 하고 산도

---

* 산사태나 화산 폭발 때 산허리를 따라 격렬하게 이동하는 진흙의 흐름.

올라야 해. 나를 집까지 데려다 줘, 제발."

마야와 아르테미시아는 마침내 강에 도착했다. 물살이 거세 보였다. 보다 얕은 곳이 없을까 하고 1마일쯤 거슬러 올라가니, 수심은 깊어 보이지만 비교적 물살이 약해 보이는 지점이 나타났다.

"네 생각은 어때? 우리가 건널 수 있을 것 같아?"

마야는 쯔쯔, 혀를 차곤 무릎으로 말의 옆구리를 밀었다. 잠시 주춤하던 아르테미시아는 마침내 발굽을 강바닥에 딛고선 첨벙첨벙 앞으로 나아갔다. 금세 말의 무릎까지 물이 차올랐다. 아르테미시아는 성큼성큼 발을 내딛다가 깊고 넓은 웅덩이 앞에서 우뚝 서버렸다. 강물은 마야의 발바닥에 닿을락 말락 찰랑거렸다.

"멈춰서는 안 돼, 여기서······."

마야는 아르테미시아를 타일렀다.

"조금만 더 가자. 우린 할 수 있어. 자, 착하지."

마야는 고리를 꽉 잡았다. 아르테미시아는 물속으로 쑥 빠져들어, 허우적거렸다. 옆으로 기우뚱거리던 마야는 무릎이 고리에서 빠지는 바람에, 말의 등에서 미끄러져 물속으로 풍덩 빠져버렸다. 몸을 던져 가까스로 고리를 잡고, 있는 힘을 다해 매달렸다. 팔이 끊어질 듯 아팠다. 아르테미시아는 마야를 물속에서 질질 끌며 강물 한복판을 헤엄쳐나갔다. 마야는 필사적으로 고리에 매달렸다.

"워, 워!"

마야는 말이 좀 더 천천히 헤엄쳐주기를 바랐다. 마침내 주먹이 풀려 손가락만으로 매달려야만 했다. 머리가 물속으로 고꾸라지기를 반복하며 물살에 빨려 들어갔다. 간신히 왼쪽 다리로 강바닥을 딛고선 다시 올라올 수 있었다.

"어푸어푸……, 아르테미시아! 워! 워!"

물속에서 말이 속력을 낮추니 더 가라앉기 시작했다. 이제 마야는 아르테미시아의 옆구리에 매달렸다. 살아남을 방법은 있는 힘을 다해 말의 갈기를 잡고 등 위에 오르는 것이었다. 몇 번의 시도 끝에 마야는 결국 해낼 수 있었다.

둘은 얕은 곳을 찾아 앞으로 몸을 던져 강둑을 기어올랐다. 아르테미시아 역시 추운지 딱딱, 이빨 마주치는 소리를 내더니, 몸을 흔들어 물기를 털어냈다. 비몽사몽간에도 마야는 다리에 극심한 통증을 느꼈다. 숨을 들이켜며 악, 소리를 질렀다.

마야는 다시 몸을 일으켜 고리 아래에다 무릎을 집어넣었다. 출발 전, 앞으로 고개를 숙여 말의 맥박과 호흡이 가라앉기를 기다렸다. 곧이어 말의 목에다 머리를 대곤 중얼거렸다.

"고마워, 아르테미시아. 강을 건너게 해줘서……."

날이 차가워지고 하늘은 검회색으로 변했다. 바람은 곧장 꿈틀대는 잿빛 비구름을 이곳으로 몰고 올 태세였다. 마야는 강변 수풀 지대를 지나, 강줄기를 따라 내려갔다. 헐벗은 바위산이 길을 막아, 다시 강을 거꾸로 건너야 했지만 다행히 수심은 깊지가 않았다. 스위트워터 강은 '갈 지[之]' 자 모양으로 굽이쳐 흐르는 곡류천으로, 한 방향으로만 흐르지 않는다. 나침반 역할을 해온 태양도 없는 하늘 아래서, 대여섯 번 강을 건넌 마야는 마침내 방향 감각을 잃어버리고 말았다.

"아르테미시아, 어느 쪽으로 강이 흐르는지……, 북쪽이 어딘지, 남쪽이 어딘지…… 분간이 안 돼. 우린 남쪽으로 가야만 하는데……."

하늘에는 매 한 마리가 우아하게 날면서 마야를 지켜보고 있었다.

"난 어느 쪽으로 가지?"

작은 빗방울이 후두둑 떨어지더니, 순식간에 세찬 비가 내렸다. 마야는 머리를 아르테미시아에게 기댔다. 아르테미시아는 미끄덩거리는 진흙 위를 조심조심 걸었다. 갑작스러운 폭우를 등지고 돌산 가장자리를 따라서, 조금씩 나아갔다. 옷은 빗물로 흠뻑 젖어 쇠를 덮어 놓은 것처럼 무거웠으며, 추위로 살이 아려왔다. 마야는 한쪽 팔에다 머리를 묻고 아르테미시아의 목에 기댄 채, 생각에 잠겼다. 모닥불, 티피, 침낭, 어디든 신속하게 실어다주던 트럭, 샌드위치, 승마 잡지, 뜨거운 물, 말린 옷, 냄비와 솥, 그리고 플라스틱 의자, 심지어 장난꾸러기 페이톤마저 그리웠다. 만약 다시 그 애와 함께할 수 있다면 어떠한 짓궂은 장난도 참을 수 있을 것 같았다.

두껍던 먹구름이 엷어지더니 해가 빠끔, 얼굴을 드러냈다. 아르테미시아는 다시 강 쪽으로 방향을 틀었다.

하루가 그렇게 긴 줄 몰랐다. 마침내 눈에 익은 골짜기가 나타났다. 가파른 바위 언덕을 올려다보며 마야는 중얼거렸다.

"조금만 더……."

꼭대기로 올라가면 도로를 찾을 수 있을 것이고 그 도로를 따라 1마일만 더 가면 될 것이다. 마야는 아르테미시아의 옆구리를 밀었다. 지그재그로 산을 올라야 했으며, 지진으로 바위들이 헐렁하게 박혀 있어 아르테미시아가 발을 내딛을 때마다 흙과 작은 돌들이 굴러떨어졌다. 마침내 아르테미시아는 괴로운지 멈춰 서서, 큰 소리로 '히힝!' 울었다.

바위 언덕 위에 오르자 마야는 잠시 멈춰 섰다. 그리고 곧추앉아, 리뮤다 말 소리가 들리는지 귀 기울이며 멀리 앞을 내다보았다. 가족들을 볼 수 있다는 기대감이 뚜껑을 열면 튀어나

오는 장난감 인형처럼 가슴속에서 부풀어 터질 것만 같았다.

캠프를 향해 도로를 따라 내려갈수록 아르테미시아는 머리를 점점 높이 들었다. 갈수록 발걸음도 빨라졌다.

"그래, 아르테미시아! 우리 다 왔어!"

마야는 캠프장 망루에 와서야, 말을 세웠다. 늦은 오후의 해는 긴 그림자를 골짜기 위로 드리웠다. 마야는 손바닥을 펴서 눈부신 햇살을 가렸다.

"보이니, 아르테미시아? 내겐 안 보이는데……."

이상스런 고요함을 느꼈지만 숨을 깊게 들이마신 뒤, 기쁜 마음으로 소리를 질렀다.

"아무도 없어요?"

가까이 다가갈수록 마야의 눈살은 찌푸려졌다. 어떤 면은 보이고 어떤 면은 어둠에 섞여 보이지 않는 유령 말처럼, 처음엔 환영일 거란 생각이 들어 눈을 비비며 살펴봤지만, 정말 거기엔 누구도, 아무것도 없었다.

강물이 넘쳐 모든 걸 삼켜버렸다. 텅 빈 부엌 텐트는 습지 안에 찌그러져 있었으며, 모닥불 구덩이는 숯 같은 물로 채워져 있었다. 사무실 텐트와 티피들은 온데간데없이 사라졌으며, 갈색의 풀밭 한 자락만이 그 흔적을 말해주고 있을 뿐이었다.

마야는 말을 몰아 축사로 향했다. 땅바닥에 가로대 몇 개가 부서져 있었으며, 드문드문 건초 무더기가 흩어져 있었다. 성한 것이라곤 문짝 하나뿐이었다. 마야는 고리에서 다리를 빼내 겨우 땅바닥에 내려섰다. 끈을 풀고 뭉친 재킷을 끌며 물통이 있는 쪽으로 기어갔다. 머리를 집어넣고 물을 마신 뒤, 얼굴과 목을 씻었다. 땅바닥에 주저앉아 다친 다리를 뻗고는 물통에 기대었다.

'다들 어디로 가셨을까? 만약 돌아가셨다면?'

마야는 옆으로 누워 뺨 아래에다 두 손을 끼운 채 울었다. 무의식과 혼수상태에서 마야는 바이 할머니의 기타 연주에 맞춰 노래하는 자신의 목소리를 들었다. 환상이 깨지지 않길 바라며 눈을 감았다.

골짜기 아래, 저 아래로
고개를 들고 바람 부는 소리 들어라
바람 부는 소리 들어라, 바람 부는 소리 들어라
고개를 들고 바람 부는 소리 들어라

장미는 햇살을, 오랑캐꽃은 이슬을 사랑하고
하늘의 천사는 알지, 내가 널 사랑한다는 걸

내가 널 사랑한다는 걸, 내가 널 사랑한다는 걸
하늘의 천사는 알지, 내가 널 사랑한다는 걸

 마야는 몸을 뒤척여서 일어나 앉았다. 해가 지평선 위로 떨어지는 걸 지켜보았다. 저녁놀이 살아남아 노랑, 보라, 주황, 분홍색 띠를 이루며 번져나갔다. 공기가 쌀쌀하게 변했다. 이가 떨릴 정도로 추워, 마야는 재킷을 끌어다가 입었다. 아르테미시아가 다가와 머리를 떨어뜨리기에, 손을 뻗어 부드러운 주둥이를 만져주었다. 그때, 갑자기 아르테미시아가 머리를 들곤 귀를 쫑긋하게 세웠다.
 "아르테미시아, 왜 그래?"
 멀리서 기타 소리가 들려오는 듯했다.
 "너도 저 소리를 들었구나?"
 마야는 비틀대며 일어나, 깨금발로 축사 문 쪽으로 깡충깡충 뛰어갔다. 하지만 아무 소리도 들리지 않았다.
 "내가 꿈을 꾸고 있나?"
 그때 '딸랑' 하고 방울 소리가 들렸다.
 "그래, 저건 말 방울 소리!"
 그때 또다시 손으로 연주하는 기타 소리가 간지럽게 들려왔다. 마야는 소리가 들려오는 방향을 알아내려고 두리번거렸다. 아르테미시아도 머리를 들어 나지막이 울었다. 그때 말 한 마리가 아르테미시아의 울음에 반응을 해왔다. 이어 또 다른 말들의 울음소리가 멀리서 들려왔다.

"리뮤다! 저쪽 언덕에······. 옛날 캠프장에······. 틀림없이 다들 거기 계실 거야."

마야는 지팡이로 쓰기 위해 막대기 하나를 집어 들었다.

"너는 일단 여기 있는 게 더 안전할 거야. 걱정 마, 곧 돌아올 테니."

마야는 아르테미시아를 축사에 남겨두고 절뚝거리며 길을 나섰다. 기타 소리가 다시 들려오자, 멈춰 섰다. 그 소리는 그리움이란 상처에 바르는 연고처럼 느껴졌다. 마야는 심호흡을 한 뒤, 미소를 지으며 자신을 내려다보았다. 손톱 밑에는 까맣게 흙이 끼어 있었으며, 셔츠와 조끼는 흙덩이와 핏덩이로 얼룩덜룩, 엉망이었다. 마야는 손으로 머리카락을 만져보았다. 하나로 묶은 포니테일은 없어진 지 오래며, 머리카락은 떡처럼 뭉쳐 있었다. 손으로 얼굴을 쓰다듬어보았다. 햇빛에 그을려 거칠어지고, 긁히고, 벌레에 물린 자국들로 울퉁불퉁했다.

'다들 어떻게 생각하실까?'

다시 기타 소리가 들리고······ 절름거리며 다가가니, 낡은 트레일러 한 대가 놓여 있는 공터가 보였다. 한쪽에는 말의 울타리가 있었다. 모닥불이 타고 있었으며, 네 개의 그림자가 흔들거렸다. 마야는 바이 할머니의 목소리가 들리길 기대하며 귀를 기울였다. 마지못해 튕기는 듯한 우울한 음색의 기타였다.

다시 그들을 보게 된 마야의 눈에서는 사랑과 안도의 눈물이 쏟아져 내렸다. 서로 놀려대는 피그 할아버지와 무스 할아버지, 항상 지시와 명령을 내리는 바이 할머니, 골리와 씨름하는 페이톤을 바라보며 모닥불 가까이 와락, 다가서고 싶었다.

'다들 날 보고 싶어했을까? 걱정을 하게 만드는 말썽꾸러기라고 미워하진 않을까? 화를 벌컥 내며, 다시는 스위트워터 강에 오지 못하게 할 것 같은데……'

마야는 한 발짝 앞으로 다가가, 반갑게 소리 지르고 싶었으나, 복받쳐 오르는 감정에 목이 메어 꼼짝도 못했다. 누가 캠프장 밖으로 나와주길 기다리며, 희미한 회색빛 땅거미를 배경으로 그저 서 있을 뿐이었다.

골리는 바람의 냄새를 맡고 머리를 번쩍 들었다. 왕왕, 짖어대며 마야가 있는 쪽으로 다가와선 풀쩍 뛰어올랐다. 한 사람이 일어나고, 또 다른 사람이 골리를 따라왔다. 순간 그들은 얼음처럼 꼼짝하지 않았다. 그중 가장 작은 덩치를 가진 이가 다른 사람들을 제치고 뛰어나왔다.

"마야! 너 맞니? 우리가 얼마나 찾았는지 알아? 헬리콥터와 비행기 그리고 수색견까지 동원해서!"

페이톤이었다.

골리는 깽깽거리며 뛰어다녔다. 바이는 마야의 손을 잡으며, 아랑곳하지 않고 시커멓고 더러운 손에 입을 맞추었다.

"마야! 오늘이야말로 내 생애 최고로 행복한 날이다!"

마야는 지팡이로 짚고 다니던 막대기를 손에서 놓고 바이의 포옹에 몸을 맡겼다. 그리고 울기 시작했다. 훌쩍이다가, 울먹이다가, 펑펑 눈물을 흘렸다.

바이는 마야의 이마에 입맞춤을 하며 깜짝 놀랐다.

"불덩이구나!"

피그는 어깨에 두르고 있던 행주로 마야의 눈물을 닦은 뒤, 덕지덕지 땟국이 흐르는 뺨을 알뜰히 닦아주었다. 무스는 믿기지 않는다는 표정으로 마야에게 다가와선, 마야를 안아 올리며 말했다.

"마야, 내 작은 새. 이게 꿈은 아니겠지?"

마야는 꿈이 아니라고 말하고 싶었다. 모든 것이 실제이고 가족들과 다시 함께하게 되어 너무나 행복하다고, 매일 밤 그리움의 눈물을 흘렸다고 말하고 싶었다. 아르테미시아와 클리 그리고 퓨마 이야기, 무엇보다 바이 할머니에게 미안하다고 말하고 싶었지만, 가슴 바구니 가득 모아두었던 말들이 죄다 달아나버린 느낌이었다. 마야는 무스의 목에 팔을 감고선 머리를 묻었다.

"할아버지……. 할아버지……."

골리는 뱅글뱅글 돌며 짖어댔다.

재치

무스는 마야를 목장으로 데리고 갔다.

상처 부위를 바늘로 꿰매고 붕대로 묶고 깁스를 했다. 마야는 엑스레이 사진, 시술, 마취, 약물 치료를 하느라 하룻밤, 다음 날 오후까지 병원에서 보냈다. 안락한 침대에 누워 행복에 겨운 나머지, 골리가 침대로 뛰어올라 얼굴에 침을 질질 묻혀도 예쁘다고 안아주었다. 궁정 회의를 주재하는 여왕처럼, 침실에서 베개를 받치고 앉아 겪었던 일들을 가족들에게 들려주었다.

"지진이 일어났을 때 다들 어디에 계셨죠?"

마야의 물음에 바이가 답했다.

"페이톤과 나는 치과에서 돌아와, 여기에 있었지."

페이톤이 잇몸을 보여주며 씩 웃곤 끼어들었다.

"맞아. 천장에 매달린 전등이 그네를 타고, 테이블 위의 접시들이 걸어 다녔어."

"무스와 난 사료 가게에 있었어. 일이 지체되고 있었지. 선반에서 물건들이 막 떨어졌어. 그래도 우린 멀쩡했어."

피그의 말에 무스가 장황하게 보탰다.

"피그 할아버지와 내가 돌아와보니 캠프장은 무릎까지 잠겨 있었어. 다들 함께 있는 줄 알았는데 아무도 보이지 않고……. 바이 할머니는 다음 날 아침 일찍 도착했는데, 네가 없어진 걸 알고 기절초풍했지. 그리고 몇 시간 후에 셸처가 언덕 위에 나타난 거야. 그때 구조대를 불렀지. 구조대원들은 큰 지도를 가지고 와서, 여기서부터 '레드 데저트'까지 네 군데로 구획을 나눴어. 헬리콥터와 경비행기, 수색견과 말 등, 온갖 수단을 총동원해서 수색했지. 네가 있던 구역은 아직 수색이 진행되지 않았어. 하지만 계속 진행할 예정이었지. 널 찾을 때까지 말이야."

무스의 눈에 눈물이 가득했다. 하지만 그는 곧 미소를 지었고 그 미소는 이내 호탕한 웃음으로 바뀌었다.

"지진을 체험하시려고 멀리 와이오밍까지 오시게 될 줄, 누가 알았겠나이까? 하하하."

무스의 눈물 젖은 웃음에 마야가 쑥스러운 듯 말했다.

"여기가 지진 발생지역인지도 몰랐어요."

"1959년 몬타나에서 대지진이 발생했어. 와이오밍 주의 절반과 워싱턴 주까지 걸쳐 일어난 지진이었는데, 대단했었지. 강도는 7.5. 산사태가 강을 막아버렸고, 땅이 밑으로 꺼지면서 생기는 반작용으로 자동차와 나무를 들어 올릴 정도의 강한 바람이 생겨났지. 그리고 '옐로우스톤' 공원의 간헐천에서는 모래가……."

"오빠, 나중에 마야가 쉬고 난 뒤 자세히 이야기해주세요. 마야, 난 며칠 후에 캠프장으로 돌아올 거야. 그리고 아르테미시아와 말들을 돌봐줄 사람을 목장에 뒀어. 여름 작업을 끝내려면 정리도 해야 하고, 준비도 해야 할 것 같아서 말이야. 깁스를 풀면 바로 무스 할아버지와 피그 할아버지가 데려다주실 거다. 페이톤은 나랑 같이 갈 거야. 어디 있지? 페이톤!"

마야의 옷장에서 페이톤이 고개를 쏙 내밀며 말했다.

"여기 있어요!"

"밖에 나가 골리랑 놀아."

바이는 한숨을 쉬며 말했다. 페이톤이 방을 뛰쳐나가 시끄럽게 계단을 내려가는 소리가 들렸다. 바이는 고개를 절레절레 흔들었다.

전력 질주 • 235

"우린 저 꼬마를 여름이라면 아주 고개를 절레절레 흔들도록 만들어줘야 해. 마야, 페이톤이 캠프로 돌아가기 싫어한다면 믿겠니? 너랑 함께 여기 남아 있고 싶다고 했어."

마야는 웃었다.

"저도 페이톤이 보고 싶었어요, 바이 할머니."

떠나기로 한 날 아침, 마야는 페이톤이 침실 앞 복도에서 서성대는 걸 보았다.

"들어와도 돼."

마야가 말했다.

페이톤은 뒤에다 뭔가를 숨긴 채 침대 쪽으로 걸어왔다.

"우린 갈 거야. 바이 할머니랑 나랑. 그리고…… 널 위해 준비한 게 있어."

페이톤은 끈으로 조이는 가죽 주머니를 마야에게 내밀었다. 마야는 그걸 받아 들고 가죽 끈을 풀었다.

"내 말들!"

페이톤은 어깨를 으쓱거렸다.

"네 티피가 물에 잠겨 상자가 망가지긴 했지만. 무스 할아버지가 가죽을 잘라 구멍을 뚫고 끈을 꿰는 방법을 가르쳐주셨지. ……백갈색 말은 찾고 또 찾다 포기할 뻔했는데 우연히 수풀 안에서 발견했어. 말들을 전부 네 티피 안에 뒀는데……. 백갈색 말만 지진이 일어나서 사라졌나 봐. 그것 빼곤 다 있어."

마야는 고개를 저으며 미소를 지었다.

"그날 아침 너랑 바이 할머니가 떠나고 나서 바로 티피 안에서 봤어."

마야는 잠옷 주머니에서 백갈색 장난감 말을 꺼냈다.

"산속에서 헤매고 있을 때도 내내 조끼 안에 간직하고 다녔지."

마야는 장난감 말을 가죽 주머니 속으로 톡, 떨어뜨리며 말을 이어나갔다.

"보답으로 독수리 깃털을 찾아 선물해주고 싶었는데, 대신 아르테미시아를 찾게 된 셈이지."

"괜찮아. 바이 할머니께서 네 발이 다 나으면 8월 마지막 주에 윈드 산맥으로 데려가겠다고 하셨어. 내가 집으로 돌아가기 전에 말이야. 만약 못 가면 크게 후회할걸? 그러니까 바보처럼 늦게 낫지 말고 빨리 나아. 약속해줘."

아래층에서 바이가 소리를 질렀다.

"페이튼!"

페이튼은 마야의 다짐을 받고자 했다.

"약속하지?"

마야는 웃으며 답했다.

"응, 약속해."

"좋아!"

페이톤의 웃음소리가 복도를 타고 아래층까지 내려갔다.

아르테미시아의 사랑

아르테미시아는 울타리 주변을 걸었다. 본능은 여전히 강인함을 유지하라고 부추겼다. 물과 먹이를 찾아 헤매고 다니지 않아도 되는 것이 이상하게 느껴졌다. 물은 자동으로 채워졌고 아르테미시아뿐만 아니라 옆 축사의 말들에게까지 아침저녁으로 건초가 주어졌다.

한 여자가 와서 며칠 동안 아르테미시아를 훈련시켰다. 그 여자는 커다란 원 안에다 아르테미시아를 앞장세워 달리게 했다. 여자는 아르테미시아를 부드럽게 대해주었다. 아르테미시아는 오래전의 동작들을 기억해내곤, 여자의 요구에 응했다. 평보, 속보, 구보, 후진……

일이 끝나면 여자는 아르테미시아에게 말을 걸었다. 그 여자아이가 했던 것처럼. 여자는 아르테미시아를 손질해주었으며, 솔질이나 빗질은 아르테미시아를 기분 좋게 만들었다. 무엇보다 꼬리와 갈기의 엉킨 털 뭉치가 사라졌다. 아르테미시아는 몇 주 후에 언치, 안장 그리고 재갈과 굴레를 채우는 걸 허락했다. 흙으로 된 트랙과 가끔씩은 축사에서 멀리 떨어져 있지 않은 오솔길을 달렸다. 곧 새로운 일상에 익숙해졌다. 쿵쿵거림, 콧바람, 나지막한 울음, 씩씩대는 콧김으로 다른 말들을 알아보기 시작했다. 하지만 아르테미시아는 여전히 다른 말들과 잘 어울리질 못했다. 다른 말들도 아르테미시아와 섞이려들지 않았다.

해가 지면 레밍턴이 절벽 위에 나타났다. 그 수말을 볼 때면 아르테미시아의 마음이 심하게 흔들렸다. 레밍턴이 아르테미시아를 부드럽게 불렀고 아르테미시아 역시 부드럽게 답했다. '나 여기 있어.'

수말은 절대 다가오지 않았으며, 그렇다고 떨어져 있는 것에 만족하지도 않았다. 레밍턴은 자주 어두워질 때까지 주변을 서성거렸다.

아르테미시아는 차츰 레밍턴의 방문에 중독되어갔다. 매일 늦은 오후가 되면 고개를 들고선 주위를 살피며, 안절부절못했다. 레밍턴이 나타날 때까지 진정하지 않았으며, 그런 일이 매일 저녁 되풀이되었다. 해가 졌다. 그리고 암말은 끊임없이 수말의 구애에 목말라했다.

자유 속으로

트럭 안, 마야는 또 한 번 무스와 피그 사이에 앉았다.

골리는 피그의 무릎 위에 앉아 있었다. 스위트워터 강을 끼고 캠프 진입로로 들어서자, 마야는 자리에 가만히 있지 못하고 몸을 일으켜 부산을 떨었다. 무스가 마야를 안고 병원으로 가던 날이 엊그제 같은데, 벌써 한 달이 지났다. 매일 이 강으로 돌아오길 얼마나 기다렸는지, 산쑥 향기와 모닥불, 티피가 얼마나 그리웠는지……. 무엇보다 마야는 바이와 아르테미시아가 보고 싶었다. 깁스를 풀고 며칠 만에 부러졌던 발목이 언제 그랬냐는 듯 멀쩡해졌다. 캠프장을 지나 언덕을 오를 즈음 마야는 무스에게 부탁했다.

"여기 말들이 있는 곳에 저를 내려주실래요?"

무스는 트럭을 세우고, 마야와 골리를 내려주었다. 골리는 곧장 강둑으로 달려갔다. 마야는 언덕 위에 서서 들판의 향기를 마음껏 마셨다. 여전했다. 큰 키의 버드나무가 한껏 자라고 있는 강둑, 그 강둑을 둘러싸고 있는 계곡, 그 계곡의 허리를 감고 흐르는 스위트워터 강, 공터에 점점이 박힌 티피들, 원래의 모습을 되찾은 사무실 텐트와 깃발이 휘날리는 부엌 텐트, 손짓하듯 타오르는 모닥불 등.

마야는 축사를 둘러보았다. 셸처를 포함한 다른 말들과 함께 윌슨도 다리가 회복되어 돌아와 있었다. 마야는 마구 벤치로 가서 안장, 언치, 굴레를 손으로 쓰다듬었다. 가죽과 건초 냄새가 그리웠었다. 파란색 통을 열어 당밀 냄새를 훅, 들이마셨다.

"마야?"

바이가 아르테미시아의 조마삭 줄을 잡고선 성큼성큼 다가왔다. 솔질, 빗질이 잘된 아르테미시아의 백갈색 털과 금빛 갈기, 꼬리에서 빛이 났다. 마야는 벅차오르는 가슴을 안고 달려갔다. 바이는 마야에게 조마삭 줄을 넘기며 말했다.

"이제 네 말이야."

하지만 마야는 조마삭 줄을 잡는 대신 바이를 세게 안았다.

"알았어, 이제 그만 안아도 돼. 나도 숨 좀 쉬게……."

마야는 웃으며 바이를 놓았지만 바이는 눈물을 보이고 말았다.

"아르테미시아, 안녕."

마야는 아르테미시아의 얼굴을 쓰다듬으며, 바이로부터 조마삭 줄을 받아 쥐었다. 갈기, 등성마루, 등을 쓰다듬곤 말의 목에다 코를 비볐다. 말은 가릉, 목구멍 소리를 내며 마야를 위해 머리를 숙여주었다. 갈기가 마야의 얼굴을 간질였다. 아르테미시아는 마야의 가슴에 얼굴을 비비며, 이렇게 말하는 것 같았다.

'집으로 온 걸 환영해.'

마야는 다시 캠프 생활의 리듬을 찾았다. 새벽에 일어나고, 서둘러 허드렛일을 끝내고, 먼지와 땀으로 범벅이 될 때까지 말을 훈련시키고, 강에서 멱을 감았다. 9월이 다가오면서, 아쉬움으로 남은 날짜를 헤아렸다. 페이튼은 곧 떠날 것이다. 마야도 학교에 가기 위해 바이, 피그, 무스와 함께 목장으로 돌아갈 것이다.

약속한 배낭여행을 떠나기 며칠 전, 피그와 무스 그리고 페이튼은 아침 일찍 낚싯대를 들고 강 상류로 갔다. 골리도 따라갔다. 바이와 마야는 남자들이 떠나는 걸 지켜본 뒤, 서로를 쳐다보았다.

"준비됐니?"

바이가 말했다. 마야는 심호흡을 하며 고개를 끄덕였다. 축사로 가서 외승*을 위한 마구를 준비했다. 며칠 동안이나 의논해왔던 것이다. 마야는 아르테미시아를, 바이는 셀처를 타고 윌슨은 그냥 조마삭 줄로 연결해 동행시키자는 것이었다.

마야가 길을 잃고 헤맸던 곳을 되짚어보기로 했다. 스위트워터 강을 건너, 지진으로 인해 발생한 산사태를 살펴보았다. 마야는 바이에게 마치 대단한 관광을 시켜주고 있다는 듯, 의기양양해 있었다. 포플러 숲에서 내려 말을 묶은 뒤, 마야는 셀처를 잃어버린 곳과 클리가 묻힌 곳, 숭어를 발견한 물웅덩이, 그리고 불을 어떻게 피웠는지 바이에게 보여주었다. 잃어버렸던 망원경도 되찾을 수가 있었다.

그러는 내내, 레밍턴이 그들 뒤를 그림자처럼 따라붙어 쫓아왔다. 안장 위에 올라타며 바이가 말했다.

"해 질 녘이면 레밍턴이 캠프로 왔지. 그것도 매일. 아르테미시아를 타고 나가면 늘 나타났어. 기회를 엿보고 있는 거였

---

* 마장이나 목장을 벗어난 곳에서 말을 타는 것.

지. 아르테미시아를 보내줄까, 생각해봤지만 내가 내릴 수 있는 결정이 아니란 걸 깨달았어."

"잘하셨어요."

마야는 자신이 아르테미시아를 돌보겠다는 듯, 말의 목을 토닥거렸다.

"네 기분을 알지. 만약 아르테미시아가 레밍턴과 함께 야생으로 돌아가게 되면, 말몰이에 잡힐 가능성도 있고, 말들과 함께 어울려 다시 잘 지낼 거라는 보장도 없고……."

돌아오는 길에, 윈드 산맥 머리에 해가 걸칠 즈음, 마야는 포플러 숲에서 결코 자신의 곁을 떠나지 않았던 아르테미시아를 생각했다.

파란 하늘이 주황색과 분홍색 띠로 붉어지는 것을 보면서 마야는 퓨마를 떠올렸다. 온몸을 던져 야수에게 저항했던 한 마리 암말, 힘겹게 자신을 싣고서 거센 강물과 험준한 골짜기를 넘어 안전하게 캠프장까지 데려다준 그 암말은, 마야에게는 생명의 은인이었다.

마야는 저녁노을이 비친 구름을 바라보았다. 방금 전까지만 해도 하얗던 구름이 검회색으로 변해 있었다. 눈물이 뺨을 타고 흘러내렸다.

"아르테미시아, 우리 언제나 함께하자……."

사위가 어두워지기 전, 산쑥도 없는 광대한 평원 위로 올라섰다. 한없이 펼쳐진 광야와 마주한 마야는 심장이 두근거리고 호흡이 가빠짐을 느꼈다. 아르테미시아는 저음으로 히힝거렸다. 저항할 수 없는 감정이 마야를 사로잡았다. 마야가 바이를 쳐다보자, 바이가 말했다.

"자, 달려, 마야. 고삐를 느슨하게, 하지만 중심을 잡고."

바람이 강해졌다. 성깃한 별들의 서막이 시작되었다. 마야는 속보로 달리기 위해 '쯧쯧' 하고 혀를 찼다. 아르테미시아는 속력을 내기 시작했다. 구보의 신호로 '쪽' 키스 소리가 들리자, 마침내 아르테미시아는 고개를 들고 수평선을 향해 내달렸다. 발굽으로 땅을 박차는 소리가 마야의 심장 고동의 리듬에 맞춰, 둥둥거리는 북소리처럼 들렸다.

'누구든 이런 바람 속에서는 살아 있다는 걸 느끼겠지?'

아르테미시아는 씩씩거렸고, 숨을 크게 내쉬면서도 박자를 맞추었다. 마야는 자신의 목소리를 들었다.

'달려, 마야. 달려!'

마야는 바람의 저항을 최소화하기 위해 몸을 숙였다. 세상에서 가장 사소한 것들로부터 얻는 만족감. 산쑥 수풀의 내음, 바이 할머니의 노래, 부드러운 골리의 발바닥, 피그 할아버지의 팬케이크, 무스 할아버지의 풍부한 감성, 아빠의 그림, 천장이 기울어진 방, 페이톤과 여름을 한 번 더 함께 보내기로 한 약속. 작다고 생각한 모든 것들이 무엇보다 크고 소중한 것임을 깨달았다. 막 시작된 여행으로 가슴은 벅차올랐고 황홀해졌다. 아르테미시아는 몸을 쭉쭉 뻗어 전력 질주에 들어갔다. 휘익, 휘익, 휘익, 휘익…….

마야는 안장머리 위에 고삐를 놓은 뒤, 두 팔을 날개처럼 폈다. 순간 땅은 멀리 달아나고, 마야의 몸은 더 이상 땅에 묶여 있지 않았다. 마야는 아름다운 별들 사이로 날아가고 있었다. 점점 더 빠르게, 달리고 또 달렸다. 시간이 멈추었다. 이 순간만은 지나간 어떤 일도, 앞으로 올 어떤 일도 문제가 되지 않을 것 같았다. 얼굴을 들자, 마야는 말이 되었고, 별이 되었고, 바람이 되었다.

레밍턴이 산등성이에서 서성대고 있었다.

'아르테미시아를 보내야만 할까? 퓨마로부터 아르테미시아를 잘 보호해줄까? 열 명도 넘는 말몰이꾼들로부터는? 무엇이 올바른 결정일까? 결정을 내렸을 때, 그게 올바른 선택인지 어떻게 알 수 있을까? 특히 나처럼 모르는 게 많은 어린아이에게는…….'

마야는 눈앞에 펼쳐진 전경을 응시했다. 스위트워터 강은 초록색 외줄기의 가는 곡선에 지나지 않았으며, 캠프장은 우주 속 한 점일 뿐이었다. 하지만 하찮게 느껴지는 자신 대신, 거대한 존재가 마야의 생각에 밀고 들어와 모든 걸 순서대로 정리해놓았다.

'사람들은 간혹 한곳에 너무 집착을 하지……. 너 역시 그걸 부정하려들면 안 돼. 받아들여야 해……. 세상 모든 것은 소중해. 이제 자유와 속박에 관해 생각해봐.'

마야는 말의 속도를 줄였다. 바이는 앞으로 좀 더 나가더니, 기다려주었다.

마야는 말 머리를 레밍턴이 서 있는 쪽으로 돌렸다. 그리곤 말에서 내렸다. 복대 끈을 풀고 안장과 언치를 내렸다.

'히잉' 하고 레밍턴이 소리를 질렀다. 아르테미시아의 귀가 쫑긋해졌다.

"네가 원하는 게 뭐니?"

마야는 아르테미시아에게 물었다.

"별들이 주인인 곳에서 자유롭게 달리는 것?"

마야는 애정 어린 손길로 아르테미시아의 볼을 쓰다듬어주었다. 처음 뷰트를 봤을 때처럼, 아르테미시아의 커다란 갈색 눈을 들여다보았다. 사전트, 메리, 조지아와 함께 협곡에 있던 아르테미시아, 물속에서 클리와 서로 목이 뒤엉켜 있던……

땅에 대해 탁월한 감각을 지닌, 영리하고도 평화로운 말인 아르테미시아는 엉킨 털, 더러운 때로 얼핏 볼품없어 보였지만, 정말 살아 있는 말이었다. 무엇보다 아르테미시아는 엄마가 타고 다녔던, 야생마 무리를 이끌던 선두마였다.

레밍턴이 다시 히힝거렸다. 아르테미시아는 목을 쳐들고 기분 좋은 울음으로 답했다. 마야는 고삐를 말의 목에서 빼낸 뒤, 아르테미시아의 허벅지를 때리며 소리쳤다.

"가! 어서 가란 말이야, 아르테미시아!"

아르테미시아는 언덕을 올라갔다. 그리고 잠시 멈춰, 마야를 향해 뒤돌아보았다.

마야는 목이 메었다. 그렇지만 손을 흔들며 답했다.

"달려, 아르테미시아! 달려!"

아르테미시아는 뛰어올랐다. 이어 레밍턴이 아르테미시아에게로 달려왔다. 한순간 둘은 코를 맞대고 비볐다. 레밍턴은 머리를 치켜들고 기쁨의 울음을 울었다.

아르테미시아가 앞장을 서고 레밍턴이 뒤따랐다. 마야는 팔을 높이 들어 흔들었다. 눈물이 흘러 가슴을 적셨다.

"우리 다시 만날 거야⋯⋯. 꼭, 약속해⋯⋯. 아르테미시아."

마야는 산마루를 가로질러 가는 말들을 지켜봤다. 두 몸체가 어둠 속에 파묻혀갔다. 흰 털이 마치 설화 석고처럼 빛났다. 두 개의 유령 같은 물체가, 어두운 화폭 위에 섬세한 붓질을 하고 있었다. 뛰고, 달리고, 바람을 색칠하며…….

• 옮긴이의 말

 '아메리칸 인디언' 하면 무엇이 떠오르나. 십중팔구는 창 혹은 활을 어깨 위에 걸친 채, 말을 타고 질주하는 반라의 전사를 떠올릴 것이다. 그러나 신대륙 발견 당시 그들은 그렇게 정교한 무기를 갖고 있지도 않았고 탈 수 있는 말도 없었다. 말은 정복국 스페인이 아메리카에 들여놓은 것이다.

 에르난 코르테스 일행이 멕시코를 정복한 이야기는 한 편의 코미디처럼 보인다. 마야의 전설 중에는 다음과 같은 것이 있다. 마야인들은 독수리 머리에 흰 깃털과 뱀의 꼬리를 한 '켓살코아틀'이라는 수호신을 모시고 있었다. 그러나 마야인들이 그 신을 푸대접하자, 이에 앙심을 품은 켓살코아틀은 지금의 카리브 해로 떠나면서 "언젠가는 동쪽 바다에 내가 다시 나타날 것인바, 그날이 바로 너희들이 멸망하게 되는 날이다"란 말을 남기고 사라졌다. 세월이 흘러 그곳은 아즈데카의 지배 하에 놓이게 된다. 1519년 에르난 코르테스가 이끄는 스페인 침략군들이 말을 타고 질주하여 동쪽 바다 베라크루스에 도착하자, 이를 지켜보던 아즈데카의 정찰병은 "머리가 둘이고 발이 네 개인 괴물이 동쪽 바다로부터 나타난바, 빠르기가 사람으로서는 도저히 따라잡을 수 없으며 특히 머리 하나는 켓살코아틀 신처럼 흰색이었습니다"라고 그들의 왕 목테수마에게 보고한다. 언젠가는 켓살코아틀 신이 옛 마야의 땅에 홀연히 나타나, 그들의 제국을 무자비하게 멸할 것이라고 믿고 있던 목테수마는 스페인 군사들의 침략을 켓살코아틀 신의 재림으로 풀이한 나머지 싸울 생각은커녕, 신의 노여움을 풀어주기 위한 조치로 코르테스 일행을 대대적으로 환영하게 된다. 그리하여 찬란한 문명의 아즈데카 왕국은 불과 508명의 스페인 군사들과 16필의 말에 의해 멸망하고 만다. 그 옛날 피비린내 나는 전장에서 침략과 유린의 도구로 쓰였던 말들. 자동차, 전차 등 교통수단과 무기가 발달했건만 여전히 그들은 오락과 스포츠 등 인간들의 또 다른 욕구 충족을 위한 잉여의 몸들이다.

  이 소설의 주인공 이름도 마야이며, 소설의 내용 또한 말에 관한 것이다. 생전 엄마가 사랑했던 암말, 아르테미시아를 찾아 나선 마야는 지진 등 갖은 고초를 겪지만, 마침내 아르테미시아와 만난다. 그 과정에서 그녀는 다리를 다치고 말안장까지 없는 상태에서, 무섭고 낯선 그곳을 빠져나오기 위해서는 말을 타야 한다는 것을 깨닫는다. 궁리 끝에 그녀는 그 옛날 엄마가 시도했던 북미 원주민의 '코만치 코일'을 떠올리고, 각종 소지품에 달린 줄들을 길게 이은 뒤, 옷을 둘둘 말아 말의 등 위에 올린다. 마침내 마야와 아르테미시아는 서로를 의지하며 죽음의 위기로부터 탈출한다.

아르테미시아는 아메리카 대륙의 모든 말들의 소원을 '히이잉' 하고, 대신 빈다. 그 소원은 야생마(Mustang)가 되어 더없이 넓은 광야에서 자유롭게 풀을 뜯는 것일 게다. 어릴 때 부모를 잃은 마야는 엄격한 할머니의 감시 아래, 마음껏 뛰놀 수도, 친구를 사귈 수도 없었다. 마야는 자신이 겪었던 고통을 생각하며, 아르테미시아의 고삐를 풀어준다. 아르테미시아가 수말과 함께 떠나는 걸 지켜본 그녀는, 비로소 진정한 사랑과 자유의 의미 그리고 가족의 중요성을 깨닫는다.

말에 관한 이야기를 우리 청소년들에게 소개하고 싶었다. 말은 주몽과 박혁거세의 탄생 설화에 나오는 등 기마 민족 출신의 우리 민족에게는 더없이 친숙한 동물이었다. 하지만 말을 다룬 소설은 별로 없으며, 그와 관련한 성장소설은 더욱 없다. 인구가 늘고 상대적으로 국토가 비좁게 느껴지는 탓인지, 몸피가 큰 말은 우리에게 낯선 동물이 되고 말았다. 하지만 이 소설을 읽고 나면, 문득 그 옛날 우리 조상들이 그랬던 것처럼 말이 친숙한 동물로 다가올 것으로 믿는다.

사랑에 관한 이야기다. 자식을 위한 사랑, 부모를 위한 사랑, 친척을 위한 사랑, 동식물을 위한 사랑, 무엇보다 대자연을 위한 사랑. 사랑은 용서를 낳고, 기쁨을 낳고, 희망을 낳으며, 진정한 자유를 낳는다.

글을 옮기는 내내 기쁘고 행복했다. 읽으시는 분들 또한 기쁘고 행복했으면 좋겠다.

2012년 12월 문수산 자락에서
구광렬

바람의 아프레미시아

2012년 12월 12일 1판 1쇄 찍음
2012년 12월 17일 1판 1쇄 펴냄

지은이　　팜 무뇨스 라이언
옮긴이　　구광렬
펴낸이　　손택수
편집　　　이상현, 이호석, 임아진
디자인　　풍영옥
관리·영업　김태일, 이용희, 김가영

펴낸곳　　(주)실천문학
등록　　　10-1221호(1995.10.26.)
주소　　　우121-839, 서울시 마포구 서교동 478-3 동궁빌딩 501호
전화　　　322-2161~5
팩스　　　322-2166
홈페이지　www.silcheon.com

ⓒ 팜 무뇨스 라이언, 2012

ISBN 978-89-392-0689-2　03840

이 책 내용의 전부 또는 일부를 재사용하려면
반드시 저작권자와 실천문학사 양측의 동의를 받아야 합니다.

이 도서의 국립중앙도서관 출판시도서목록(CIP)은
e-CIP홈페이지(http://www.nl.go.kr/ecip)와
국가자료공동목록시스템(http://www.nl.go.kr/
kolisnet)에서 이용하실 수 있습니다.
(CIP제어번호:CIP2012005782)